AF210715

Esther Bühler
Sienna und die Ankunft in der Ewigkeit

Esther Bühler

Sienna
und die Ankunft
in der Ewigkeit

Vier Reisen zum Himmel

Das Verlassen dieser Erde in Richtung Paradies

Unterschätze nicht den Einfluss,
den du auf deine eigene Zukunft hast.

Inhalt

Vorwort

Die Ewigkeit – das ist ein wichtiges Thema.

Was nach unserem Tod sein wird, ist von Bedeutung.

Demzufolge ergibt es Sinn, sich ab und zu mit diesem Thema zu beschäftigen.

Denn es prägt auch unser Leben im Hier und Jetzt.

Im Laufe der letzten Jahre haben sich in meinem Alltag Berichte, Erlebnisse, Erzählungen, Inputs zum Thema «Leben nach dem Tod» angesammelt und verdichtet. Die Frage, was in der – für uns jetzt noch – unsichtbaren Welt Realität ist oder sein könnte, diese Frage hat in meinem Leben an Raum gewonnen.

Es ist mir bewusst, dass es zu Nahtoderfahrungen schon einige Studien und viele Erlebnisberichte gibt, ebenso zu geistlichen Erfahrungen betreffs der Welt in jener «anderen» Dimension – vorwiegend allerdings im englischsprachigen Raum, da der Umgang mit diesem Thema dort oft unverkrampfter ist und man sich deshalb mehr damit auseinandersetzt.

Wozu nun dieses Buch?

Die Themen-Kapitel bieten Überlegungen und Bibel-studien zum Thema; sie sind sozusagen die «Theorie» zu den Erlebnisberichten – Deutung, Erklärungen, Über-legungen, Möglichkeiten. Diese Kapitel weisen seitlich eine Linie auf zur Unterscheidung vom Romantext.

Der Hauptteil des Buches ist jedoch in Romanform gehalten. Hier sind kurze Einblicke aus meiner eigenen Erfahrung eingewoben in die Erzählung aus Erlebnis-berichten vieler Menschen – wie ein Destillat, das ich aus all dem gewonnen habe.

Sienna und Timo, Cécile und Azul: Die Personen, die hier ihre Erlebnisse schildern, sind keine realen Menschen. In ihre Erzählungen habe ich Berichte ein-fließen lassen, die mir glaubhaft vorkommen – glaub-haft, weil ich vieles davon mehrfach in ähnlicher Form gehört habe. Ich habe sie zu einem Bild (oder Puzzle) zusammengesetzt und ergänzt, damit es einen sinnvol-len Handlungsstrang ergibt. Viel Spaß beim Lesen und Sinnieren!

Wenn man sich fragt, wie denn der Himmel wohl aus-sieht oder aussehen könnte, ist das oft ein «Tappen im Dunkeln». Aber nicht nur. Mich fasziniert die Tatsa-che, dass viele Nahtoderlebnisse und oft auch geistli-ches «Entrücktsein» sich decken mit den Erlebnissen, die einige Menschen schon vor Jahrtausenden oft recht detailliert beschrieben haben und die wir heute noch in der Bibel lesen können. Solche Texte scheinen mir nun auf einmal einen Sinn zu ergeben, gerade als hätte ich jetzt endlich das passende Puzzleteil gefunden!

Vor Todeserlebnissen hat man Angst; geistliche Einblicke in eine andere Welt können verunsichern und verwirren. Ich selbst bin aber mehr und mehr begeistert davon, was uns noch erwarten könnte auf der anderen Seite des Vorhangs.

A Thema: Nahtod-Erfahrung

E s gibt inzwischen zahlreiche Berichte über Nahtod-Erfahrungen oder Nahtod-Erlebnisse, ich gebrauche im Buch dafür die Abkürzung «NTE». Auf Erfahrungen in einer anderen Welt wurde und werde ich aufmerksam auf unterschiedliche Weise. Die Bibel spricht ziemlich oft von der Ewigkeit, vom Paradies, von unserem Leben nach dem Tod und von dieser anderen Realität – als Überbegriff oft «der Himmel» genannt.

Im Englischen gibt es für «Himmel» zwei Wörter: *sky* für den meteorologischen Himmel und *heaven* für den Himmel an einem anderen Ort. Sind diese Welten dort real? Ist es ein geistlicher Ort und gleichzeitig ebenso reale Materie, nur in einer anderen Form als die Materie, die wir für unser Sonnensystem kennen?

Ich sammle Berichte von Menschen, die hierzu etwas erlebt haben. Ihre Erfahrungen kann man in vier Gruppen einteilen: Entrücktsein, Sterbeprozess, Depersonalisierung, spontane Erlebnisse.

A) «Entrücktsein»: Dies ist immer eine sehr intensive geistliche Erfahrung. Einige Erzähler/-innen wissen, dass sie in ihrem Körper hier vor Ort blieben und nur ihr inneres Ich (ihre Seele?) ein intensives, reales Erlebnis machte. Einige sind felsenfest überzeugt, dass sie währenddessen ihren lebenden Körper verlassen hatten und dieser natürliche Körper hier weiterlebte – inklusive Atmung und Hirnfunktionen –, ihr «wahres Ich» aber für eine gewisse Zeit sich an einem anderen Ort befand (zum Beispiel im Himmel) und dort einiges erlebte und meist auch mit geistigen Wesen kommunizieren konnte. Es ist möglich, dass jemand ohne große Vorbereitung, unerwartet und ohne zuvor körperlichen Schaden erlebt zu haben, in eine andere Welt genommen wird, etwa in einer Zeit intensiven Fastens.

B) Klassisches NTE: Während des Sterbeprozesses verlässt der Mensch (=die Seele, die Persönlichkeit) den Körper, in den letzten Stunden pendelt er mitunter sogar mehrfach hin und her; oder der Mensch wird manchmal als «klinisch tot» deklariert oder die Person befindet sich im Koma. Man sieht sich selber dann von außerhalb des eigenen Körpers; manchmal findet anschließend ein Sich-Entfernen vom Körper statt, oft beginnt dann eine «Tunnel-Erfahrung». Mehr dazu später.

C) In einem intensiven Trauma (Krieg, Missbrauch, Schmerzen) verlässt die Person (die Seele) den Körper, man nennt das auch «Depersonalisierung»: Das «Ich» befindet sich neben dem Körper oder in dessen Nähe und verlässt manchmal sogar den Raum, in dem sich der Körper befindet. Der Betroffene erlebt meist etwas Geistiges, oft Tröstendes; das Erlebnis kann aber auch verstörend und beängstigend sein.

D) Es kommt auch vor, dass jemand hier in dieser Welt besucht wird von einem Geistwesen wie einem Engel; dies geschieht öfter bei Nacht als am Tag. In der Bibel werden viele solche Begegnungen geschildert, das bekannteste Beispiel dafür ist die Weihnachtsgeschichte mit gleich mehreren Engelsbesuchen – Engel kommen zu Zacharias, zu Maria, zu Josef, zu den Hirten.

1 Engel auf meinem Balkon

Ich reiße meine Augen auf: Da steht ein Engel!
Eigentlich war ich gerade noch im Tiefschlaf;
seine Gegenwart muss mich aufgeweckt haben, aber
gründlich!

Er steht da, als wäre er schon eine Weile hier – in der
offenen Balkontür, zum Fußende meines Bettes schau-
end. Er ist um einiges größer, als ein Engel in meiner
Vorstellung sein könnte. Ich schätze ihn auf zwei Meter vierzig und irgendwie fühle ich mich durch seine
Gegenwart geehrt. Positiv erschrocken. Natürlich bin
ich aufgewühlt und hellwach, mehr als hellstwach – um
genau zu sein.

Gekleidet ist er in ein Lichtgewand, das ist eher
weißlich, etwas blaulila und mit Goldstich, der sich als
leichtes Schimmern zeigt, wie eingewoben in das wei-
ße Gewand. Sein Einteiler wirkt gestrickt – irgendwie
aus lebendigem Licht: als wäre das Material durchzo-
gen von einer feinsten Weihnachtsbeleuchtung, selbstschimmernd sozusagen.

Seine Gesichtszüge sind freundlich, aber ich kann mir gut vorstellen, dass er auch Anweisungen erteilen kann; dabei hat er wohl kein Problem damit, jemandem Respekt zu erweisen. Ich empfinde ihn als eher männlich, doch hat er ebenso neutrale und weibliche Züge und das alles in einer perfekten harmonischen Ausgewogenheit.

Seine Haare sind mittellang, leicht lockig – solche Haare wollte ich schon immer haben, nur ein bisschen dunkler. Sie sind honigfarben und wie sein Gewand selbstschimmernd von hellgoldenem Licht.

Die Augen hält er zunächst leicht gesenkt – vielleicht, um mich nicht zu erschrecken? Dann wendet sich sein Blick mir zu und ich bemerke in seiner Iris einen zarten lila Schimmer.

Kurz sehe ich sein Profil und denke: «Das ist irgendwie wie mein Nasenprofil – aber einfach schön, nicht so holprig wie meines …» Seine Nase ist lang und sanft gebogen: harmonisch und trotzdem sehr interessant.

Ja, er ist groß; aber seine Größe erschreckt mich nicht wirklich. Ich bin nur überrascht, welch stattliche Figur da vor mir steht – Engel habe ich mir immer so vorgestellt, dass sie etwa gleich groß sind wie wir Menschen, die Schutzengel von Kindern wesentlich kleiner.

Ich begreife, dass hier tatsächlich ein Engel vor mir steht und dass ich das nicht träume, und mein Puls geht hoch. Solch eine innere Wachheit und Klarheit habe ich bisher nicht gekannt! Mir ist, als wäre meine Gedankenwelt fähig, auf Turbo zu schalten: Intensiv und vielschichtig nehme ich alles wahr.

Jetzt blickt der Engel mich direkt an und sagt mit hörbarer Stimme:

«Sienna, du kannst mit mir mitkommen auf eine spannende Reise!»

Ich kann mich kaum sattsehen an ihm. Intuitiv weiß ich: Er kann mir vieles zeigen, was ich nicht verstehe oder noch nicht weiß oder bisher anders eingeordnet und beurteilt habe.

Mir wird klar, dass ich ihn bereits kenne: Er muss der Schutzengel sein, der mich schon so oft in meinem Leben beschützt hat, und er war da, wenn ich mich unverstanden fühlte oder einsam war. Ich weiß auch, dass er mich auf Reisen mehrmals aus gefährlichen Situationen 'rausgeholt hat – das ist mir in diesem Moment einfach klar. Nachfragen überflüssig! Auch in Zeiten, in denen ich intensiv gebetet hatte (das geschah selten genug), war er anwesend.

Gut, dass er kein Puppenstil-Engel ist, kein Stupsnasen-Engel – er ist ein echter Charakterengel! Und etwas Kämpferisches ist an ihm auch zu erahnen. Diese Mischung aus Reinheit, Stärke und Entschlossenheit löst in mir Ehrfurcht aus ...

Ich bekomme «weiche Knie», doch weiß ich aus der Bibel, dass man Engel nicht anbeten soll; und im Grunde habe ich auch nicht das Bedürfnis danach. Dank seiner himmlischen Reinheit erreicht mich eine Kraft, die mich einerseits auf den Boden zu drücken scheint, gleichzeitig aber anzieht und mich innerlich vibrieren lässt.

«Musst du manchmal kämpfen?», frage ich ihn und erschrecke über meinen Mut und darüber, dass ich, statt ihm eine Antwort zu geben, mit einer Frage kontere. Beinahe, als wollte ich Zeit gewinnen auf seine Einladung hin.

«Ja, gar nicht so selten müssen wir das.»

In diesem Moment erkenne ich, dass draußen direkt am Balkongeländer rechter Hand noch ein Engel steht; er gleicht dem ersten Engel, wie Brüder sich gleichen. Dieser zweite Engel hat etwas markantere Gesichtszüge und seine Kleidung ist mehr metallen – aber ebenso selbstleuchtend. Auf der Hüfte sitzt ihm ein breiter Gürtel, er schimmert dezent kupferfarben, scheint aber aus etwas ähnlichem wie Leder zu sein.

Noch bevor er mich anspricht, wird mir klar, dass der «erste» Engel mir nahesteht und dieser Zweitengel mich zwar auch abholen soll, aber nicht so intensiv mit mir beauftragt ist wie der erste. Für mich ist das eine Erleichterung, da der «Balkonengel» noch mehr Autorität ausstrahlt.

Die beiden bilden eine Einheit und doch sind sie eindeutig zwei eigenständige Wesen. Der «Balkonengel» ist sogar noch etwa einen halben Meter größer als mein Schutzengel «Nr. One»; er wirkt wie dessen großer Bruder oder sein ihm vorgesetzter bester Freund. Sie scheinen einen spezifischen Gedankenaustausch zu haben und erstaunlicherweise verstehe ich ihre Kommunikation teilweise: Sie wollen ein gewisses Zeitfenster nutzen und es scheint ihnen ganz selbstverständlich zu sein, dass ich hier dabei bin. Nun diskutieren sie noch die Abfolge der Stationen meiner möglichen Reise.

«Bist du bereit, Sienna? Das wird für dich ein spannender Flug, ein ganz besonderes Erlebnis: Du bekommst die Möglichkeit, in der geistlichen Welt einiges zu beobachten und sogar selber zu erleben; und wenn du dich darauf einlässt, wirst du danach vieles anders wahrnehmen.»

Ich bin etwas beunruhigt. Nein, nicht wegen der Ansage des Balkonengels; ich trage nur meinen alten Pyjama, es ist ja mitten in der Nacht – was wäre wohl das Passende für diese Gelegenheit? Im selben Moment erkenne ich, dass der kleinere Engel lächelt, ja, echt: nicht verächtlich, sondern freundlich-amüsiert. Dabei beugt er sich zu mir, als wäre ich eine Prinzessin; und sein anhaltendes Smilen fühlt sich eher an wie eine Ermunterung, in das Abenteuer einzuwilligen und mich nicht zu fürchten.

Also gut, ich setze mich auf und stelle den rechten Fuß auf den Boden – und augenblicklich habe ich etwas ganz anderes an: eine rötlich schimmernde Robe. Hmm, ganz mein Geschmack, denke ich: Warum bin ich selber noch nie darauf gekommen, mir ein so cooles Kleid zuzulegen?

«Na, also!», meint der Größere, mir ermutigend zuzwinkernd.

Ziemlich zügig verlassen wir mein Zuhause und ich erwarte, schnell von der Erde wegzudriften; doch dem ist nicht so: Wir drei fliegen Richtung Zürich. In die Stadt? Warum denn das?

Es ist unglaublich faszinierend, so dahinzuschweben. Warum nur bin ich mir dermaßen sicher, dass ich nicht träume? Warum kommt mir das so klar und als Realität vor? Und überhaupt, warum vertraue ich diesen Engeln? Was, wenn ich danach nicht mehr richtig zurückfinden kann in mein gewohntes Leben?

Kurz halten wir inne, alle drei. Der See spiegelt sich ruhig im Glanz des Mondlichts und die mir gut bekannten Lichterspiegel am Seeufer tanzen wie immer fast unmerklich auf dem Wasser hin und her.

«Möchtest du auf diese Reise mitkommen?»

Ich werde danach nicht mehr die Gleiche sein, das dämmert mir erst jetzt so richtig. Man wird mich für verrückt erklären, sollte ich es wagen, das jemandem zu erzählen! Werde ich selber mir glauben?

Ich schaue dem «kleineren» großen Engel nochmals tief in die Augen.

Er ist so rein, so klar, so heilig. Wissend auch.

Und ich fühle mich sicher bei ihm.

«Ja, ich bin bereit.»

2   Flug über Zürich

Mein Schutzengel bemerkt es sofort und hält meine Hand. Der andere Engel hat es wohl auch bemerkt, aber es scheint nicht sein Auftrag zu sein, mich zu beruhigen oder mich jetzt zu instruieren. Doch er beobachtet genau, was im Bereich vor uns passiert.

Sie haben bemerkt, dass ich mich frage, ob ich wieder zurück in mein Zuhause gehen (fliegen!) soll – ich bin doch stärker verunsichert als auf den ersten paar Metern unserer Reise. Dann sage ich mir innerlich: »Ja, ich bin dabei, ich wage es.»

Das Fliegen ist eher eine Art Schweben, teilweise ein «Gehen im Luftraum».

Es fühlt sich recht normal an, doch mein Hirn meldet mir fast pausenlos: «Das ist *nicht* normal, hey, wir sind in der Luft!»

Wie wir über Zürich schweben und uns der Stadtmitte nähern, verringert sich unsere Flughöhe zusehends. Immer wieder, wie schon zuvor, kann ich Details erkennen – es ist, als würde meine Wahrnehmung, mein

Blick näher heranzoomen. Mühelos kann ich durch Mauern sehen ins Innere der Räume, aber nicht immer; wahrscheinlich lässt mein Schutzengel dies manchmal zu, vermutlich, wenn er mir etwas zu zeigen hat: als wollten meine Begleiter mir Szenen eröffnen, die mich etwas lehren sollen.

Wir nähern uns einer Häuserzeile einige hundert Meter vom Hauptbahnhof entfernt. Dieses Quartier kenne ich nicht besonders gut, bin nur mit der Straßenbahn durchgefahren. Nun wird mein Blickfeld wie nahgezoomt auf eine Wohnung hin und in sie hinein.

Wir schweben etwa zwanzig Meter hoch über dem Mehrfamilienhaus, doch mein Blick wendet sich superscharf in eine Wohnung im dritten Stock.

Die Stimmung dort ist unangenehm. Ich sehe drei Erwachsene: einen Mann und zwei Frauen. Sie streiten heftig, einmal spuckt der Mann auf den Tisch – auf dem stehen Essensreste, Weinflaschen, Gläser und Zigarettenschachteln wild durcheinander. Im Zimmer nebenan schläft ein Kind; es ist unruhig, beinahe wach. Das Gespräch dreht sich um finanzielle Dinge: um Unehrlichkeit, Betrug und um Geldbeträge.

Etwas fassungslos höre und schaue ich den dreien zu, da nehme ich plötzlich wahr, dass sich in dieser Wohnung noch andere Wesen aufhalten: Geistwesen – die drei Streitenden können sie nicht sehen –, Dämonen mit einer glitschigen Haut und von Charakter und Erscheinungsbild wie Reptilien. Ihnen scheint es bestens zu gefallen, dass es diesen Menschen nicht gut geht. Sie amüsieren sich und flüstern ab und zu einem der Bewohner einen Gedanken zu, dann wird der Streit noch lauter: «Sie hat dich ja schon immer betrogen … er ist so rücksichtslos … er hat seinen letzten Anteil auch nicht bezahlt … haben die ohne mich verhandelt … unfair, unfair … ich zeig's dir schon noch …» Gedanken und ausgesprochene Vorwürfe schaukeln sich gegenseitig hoch.

Der führende Engel scheint beschlossen zu haben, dass die drei uns nicht wahrnehmen können – jedenfalls läuft das Gezänk in Endlosschlaufe. Mich fröstelt. So gerne würde ich das Kind irgendwie schützen vor diesem Umfeld!

Die Engel nehmen mich an der Hand und ziehen mich sanft weiter, neben Wohnblöcken und dunklen Geschäftshäusern segeln wir auf Höhe der Dachrinnen.

Nun erscheint in meinem Blickfeld eine schmale Seitenstraße. Zwei Prostituierte stehen im Schein einer Straßenlaterne und unterhalten sich mit drei Männern in einer älteren Limousine. Die Frauen schütteln den Kopf und verhandeln und schauen demonstrativ desinteressiert drein. «So günstig lassen wir euch dieses Mal nicht ran», meint die eine Dame schnippisch und frustriert.

Auch hier erkenne ich Geistwesen; wie hässliche Zwerge sehen sie aus, sie sind leicht gebückt und tragen blau-schwarze Kleidung. Es ist eher eine geriffelte schwarzblaue Gummihaut, wie ein Teil von ihnen selbst. Sie sind fünf, auf einem niedrigen Mäuerchen sitzen sie neben den Frauen und bilden einen undurchdringlichen Block, eine geistige Mauer: abgelöschte Blicke, abgelöschte Ausstrahlung.

In mir kommt eine Stimmung von Gefangenschaft hoch, dabei stehen die Frauen ganz normal auf dem Gehsteig einer schmalen Seitenstraße in Zürich. Aber diese Dämonen auf dem Mäuerchen scheinen harte, unentrinnbare Knechtschaft auszustrahlen: «Wir lassen euch nicht ziehen, ihr gehört uns – wagt es nicht, etwas anderes zu wollen!»

Es ist heavy. Ich will intervenieren, dabei weiß ich aber glasklar, dass in diesem Moment weder die Menschen noch die Dämonen mich wahrnehmen können. Das ist im Moment sicher besser so, aber im Herzen tut es mir weh. Eine Kälte will in meinem Körper hineinkriechen. Nein!

Ich schaue meinen Schutzengel an, der blickt immer noch zu den beiden Frauen und den drei Männern im Auto. Er scheint traurig zu sein.

«Warum schauen wir uns das an?»

«Damit du ein wenig erkennst, womit manche Menschen zu kämpfen haben, ohne dass sie selber es wahrnehmen.»

«Du meinst die Dämonen bei ihnen?»

«Ja.»

«Sind immer Dämonen im Spiel, wenn Menschen Böses tun?»

Der Engel erklärt mir mit ruhiger, beinahe leiser Stimme:

«Öfter, als sie meinen. Menschen denken sich oft gar nichts dabei, wenn sie streiten und einander verletzen. Und wenn sie dann doch mal über den Sinn des Lebens nachdenken, dann geben sie Gott die Schuld an ihrer Misere oder an allem Schlechten und Schmutzigen auf dieser Welt.»

Hm. Die fünf Menschen werden lauter. Die Männer sind nun ausgestiegen aus ihrer Karosse. Sie scheinen etwas zu verlangen, vermutlich etwas in der Handtasche einer der Frauen – jedenfalls hält sie sie mit beiden Händen zu, als hätte sie keine Zeit mehr gehabt, sie ordentlich zu schließen. Erst als ihr ein wenig Speichel aus dem Mundwinkel fließt, checke ich, dass die Frau wohl einen hohen Alkoholpegel und dazu Drogen intus hat.

«Verpisst euch!», schreit sie und die anderen lachen nur.

Ich möchte vieles noch genauer sehen und wissen; aber schon entfernen wir uns wieder – zunächst langsam, dann schneller und schneller.

«Wir zeigen dir besondere Orte, weit weg von dieser Erde!», verkünden meine beiden Begleiter.

3 In Highspeed durchs All

Wir gewinnen an Höhe. Der größere Engel führt, er hat auch das Zeichen zum Wegfliegen gegeben, und wir folgen ihm fast automatisch. Im ersten Moment hat der Schutzengel mich an der Hand genommen und sachte mit sich weggezogen, um mir klarzumachen, dass wir nun etwas anderes besuchen werden.

Je höher wir, leicht aufsteigend, fliegen, desto schöner wird die Stadt. Zürich aus der Vogelperspektive – Tausende von leicht flimmernden Lichtern und dazwischen ein dunkles ruhiges Etwas: der Zürichsee. Wir gleiten höher und höher. Jetzt erst mache ich mir Gedanken über meine Atmung und den Sauerstoff.

Diese Höhe!

«Engel, weißt du nicht, dass ich bald zu wenig Sauerstoff haben werde?»

«Wir wissen, was du zum Leben brauchst. Aber jetzt unterstehst du für eine kleine Weile nicht mehr dem Naturgesetz der Erde. Du wirst atmen können ohne Mühe.»

«Ist ja crazy!»

Ich ziehe die imaginäre Luft tief ein. Tiefer. Locker wieder ausatmen – mit jedem Atemzug scheine ich lebendiger zu werden, mehr Teil dieser neuen Materie zu sein. Die Geschwindigkeit, mit der wir uns von der Erde wegbewegen, nimmt zu. Mein Erdenkörper könnte dieses Tempo nicht aushalten; er tut es aber und mir wird klar: Das geht nur, weil meine Seele, mein «wahres Ich», für eine Weile in eine andere Dimension eingetreten ist.

Meine Konzentration, meine Aufmerksamkeit gilt dem, was vor mir liegt; so bemerke ich nicht, dass die Erde verschwindet, so wie ein Astronaut dies wahrnehmen würde.

Wir bewegen uns in High-Speed. Kein Tunnel, wie so viele berichten, doch entdecke ich Myriaden von Sternen, Planeten, Galaxien. Sie fliegen an uns vorbei. Natürlich sind wir es, die fliegen – und wie schnell! –; doch mir scheint es, als wären es die unzähligen Himmelskörper, die Sterne, die an uns vorbeiflashen. Ja, mein Verstand sagt mir, dass wir vorwärtsfliegen; aber ich spüre weder Widerstand noch Wind und deshalb nehme ich nur wahr, dass diese Tausende von Himmelskörpern sich nach hinten von mir wegbewegen.

Ich bin begeistert: Dieser neue Zustand und was mir da passiert, das ist so wahnsinnig spannend!

Die Engel freut's; offensichtlich macht es sie glücklich, dass ich mit dem Außergewöhnlichen klarkomme. Da ich mich während meines Erdenlebens immer wieder mal auch mit der Ewigkeit beschäftigt habe und dem Thema «Woher komme ich – wohin gehe ich – wer

bin ich?», bringt mich diese Erfahrung nicht völlig außer Rand und Band. Doch zugegeben: zu neunzig Pro-
zent schon.

Merkwürdig scheint mir aber, dass meine Haare und
meine Haut keinem Wind ausgesetzt sind; und meine
Atmung funktioniert besser denn je! Mein Verstand
fühlt sich erweitert an, meine Gedankenwelt funktioniert in nie gekannter Klarheit – als könnten mein Gehirn und meine Seele mehr Dimensionen wahrnehmen
als die gewohnten dreidimensionalen Vorgänge.

Bin ich nun gestorben oder was ist hier los?

Der eine Engel beruhigt mich:

«Sienna, du bist nicht tot. Du bist für eine Weile in
der Realität der Ewigkeit und des Himmels.»

Die Worte hier im Buch sind geschriebene Menschenworte; was der Engel kommunizierte, war weitaus
exakter. Diese Dimension wird mir später fehlen, wenn
ich alles in Erdenworte fasse.

Nun sehe ich, dass wir auf ein gewaltiges Objekt zu-
fliegen. Es ist riesig und leuchtet. Es ist anders als die
Planeten, die wir traversiert und hinter uns gelassen
haben.

Es ist majestätisch.

Herrlich, so viel Licht geht von dort aus!

Es verströmt Frieden, Gelassenheit, Königtum.

«Vor uns das Paradies», sagt der größere Engel mit
erhabener Stimme.

«Und vor uns die ewige Stadt», fügt mein Schutzengel hinzu.

4   Sienna

Wer ich bin, möchtest du wissen?
Wie eingangs erwähnt: Im echten Leben gibt
es mich nicht – sehr wohl aber in Varianten von Menschen, die Ähnliches erlebt haben wie ich. Jeder von ihnen ist einmalig.

Stell mich (Sienna) dir in etwa so vor: Ich bin eine vierundvierzigjährige Frau mit mittellangem braunem Haar und großen braunen Augen. Manchmal kämpfe ich mit ein paar Kilo zu viel auf den Hüften; durch Joggen schaffe ich es, wieder fit zu werden – aber das hält nicht sehr lange an, für eine Phase nur.

Im Großen und Ganzen sehe ich also eher unauffällig-durchschnittlich aus und trotzdem finde ich, dass ich jemand Besonderes bin – weil ich mich von Gott geliebt und angenommen fühle.

Manchmal habe ich etwas Burschikoses in meinem Wesen; ich bin eher mutig, mag Business und Technik, aber auch Kunst, Literatur und Tanz. Ich neige ein wenig dazu, eine Allrounderin zu sein: in einigem begabt, in vielem eher mittelmäßig.

Das ist okay so.

Trotzdem bin ich, wenn ich neu irgendwohin komme, oft bald in Leitungsposition – warum, das ist mir ein Rätsel! Vielleicht, weil Menschen mich sehr interessieren?

Wenn mich etwas nicht wirklich in seinen Bann zieht, dann fällt es mir schwer, an dieser Sache dranzubleiben. Das könnte an meiner phlegmatischen Seite liegen: Ein Genie zu sein, das kann auf Dauer ja ganz schön anstrengend werden. Smile.

In meinen Teenager-Jahren habe ich begonnen, den Sinn des Lebens zu suchen, und mich innerlich auf den Weg gemacht in die Nähe zu Gott. Nach mehreren Jahren intensiver Meditation und Interesse an östlichen Religionen habe ich dann während einer Ferienfreizeit mit Christen einen persönlichen Zugang zu Jesus gefunden. Das hat vieles verändert in meinem Leben und mir ganz neue Sichtweisen auf geistliche Dinge gegeben.

Ich habe zwei Kinder, sie sind fast erwachsen; mein Mann ist vor drei Jahren verstorben. Trotzdem gibt es in meinem Leben viel Gutes und Spannendes.

Durch dieses einschneidende Erlebnis, den Tod meines Mannes, wollte ich mehr erfahren über die Welten jenseits des Todes.

Aber dieses Eintauchen in die Ewigkeit habe ich nicht gesucht und schon gar nicht konnte ich es selber herbeiführen; es ist mir einfach so geschehen in dieser besonderen Nacht, in der die beiden netten Engel auf meinen Balkon kamen und mich mitnahmen auf diese spannende Reise.

B   Thema: Engel

Engel sind von Gott erschaffene Wesen. Sie haben eine andere Position als der Mensch, sind wichtige Kreaturen im geistlichen Raum – hier auf der Erde und auch im Paradies.

Sie erfüllen verschiedene Aufgaben, sie sehen unterschiedlich aus, bekleiden verschiedene Positionen.

Engel sind dazu geschaffen, uns zu helfen bei der Verteidigung des geistlichen Raumes, den wir einnehmen. Wenn wir mit Gott reden (Gebet) und bereit sind, seinen Willen auszuführen, sind sie gerne anwesend und freuen sich. Seinen Willen kann Gott auch ohne Engel umsetzen; manchmal aber beschließt er, dafür die Engel zu gebrauchen – zu diesem Zweck hat er sie ja geschaffen.

In N, «Thema: Cheruben, Serafen, Erzengel», gehe ich näher ein auf diese Arten von Engelwesen.

Engel soll man nicht anbeten, aber ihnen mit Respekt begegnen, da sie den Menschen Gutes tun und ihnen dienen. Und sie bringen Gottes Licht und Liebe mit sich zu uns.

Hat man ein Erlebnis mit einem Engel, dann würde ich nahelegen, das zu prüfen. Denn nicht alle Engel sind gut, es gibt auch gefallene Engel, «Dämonen», die dem Menschen Schaden zufügen wollen; um ihre Absichten zu verschleiern, zeigen sie sich auch mal in Engelsgestalt (mehr dazu in Kapitel C, «Thema: Dämonen und Geistwesen»).

Manche Gruppen schenken Engeln zu viel Beachtung – die Bibel spricht dann von «Verehrung von Engeln». Zentral wichtig ist, dass Gott selbst der Fokus deiner Aufmerksamkeit ist oder es immer mehr wird. Denn wenn du dich nur um ein Erlebnis bemühst, um einen Kick im Übernatürlichen zu haben, aber nicht wirklich Gott selber und seinen Willen kennenzulernen suchst, dann wird dir das nicht echte Erfüllung geben. Die kommt von Gott direkt.

Engel können ihre Gestalt verändern, je nach ihrem momentanen Auftrag; sie verändern aber nicht ihr Wesen und ihre Persönlichkeit: Richtige Engel sind durch und durch gut und bleiben es auch. Helfen sie einem Menschen und sollen sie dazu hier auf der Erde sichtbar sein, dann können sie aussehen wie normale freundliche Mitmenschen. Die Bibel sagt dazu:

Vergesst die Gastfreundschaft nicht; denn durch diese haben einige, ohne es zu ahnen, Engel beherbergt.
Hebräer 13,2

Engel können sich mit Flügeln zeigen, aber auch ohne Flügel, in für uns normalen Kleidern oder in weißen Roben, die Licht ausstrahlen. Sie können sehr menschenähnlich wirken, aber auch wie «von einer anderen Welt» sein, also ein paradiesisches Aussehen mitbringen und uns ihr Wesen offenbaren, das sie im Himmel haben: wie Engel eben.

Zeigt sich ein Engel, von Gott gesandt, als Teil der realen geistlichen Welt, dann ist er oft hell leuchtend.

Engel werden manchmal als klar männlich gesehen, manchmal als weiblich. Am häufigsten wird berichtet, dass der Engel eine männliche Stimme hat und eher männlich wirkt, jedoch ebenfalls weibliche Eigenschaften oder Aussehen zeigt.

Engel freuen sich, wenn uns etwas gelingt, wenn wir Gutes tun und uns Gott nähern. Sie können lachen und tanzen oder auch traurig sein.

Wir meinen oft, sie seien statisch. Das sind sie aber nicht; sie können unmittelbar erscheinen, schnell handeln und ebenso blitzschnell wieder verschwunden sein.

Ich vermute: je größer ein Engel, desto höher ist sein Rang und seine Verantwortung.

Engel, die nicht direkt mit dem Einzelschicksal eines Menschen etwas zu tun haben, werden hier auf der Erde selten gesehen. Ist ein Engel dazu bestimmt, auf ganze Nationen zu achten oder für sie zu kämpfen, dann haben wir Mühe, seine Gegenwart zu ertragen.

Eine Bekannte von mir konnte zeitweise anwesende Engel sehen während Gebetszeiten in einem Kirchengebäude. Sie berichtete, diese Engel seien gut vier bis sechs Meter groß gewesen.

Bei Unfällen wird manchmal berichtet, dass eine Gestalt oder ein Licht gesehen wurde und dann eine unerklärliche Bewahrung stattfand. Wann und wie bei solchen Ereignissen Engel im Spiel sind, können wir meist nur erahnen. Ich bin überzeugt: Schutzengel spielen im Leben eines jeden eine wesentlich bedeutendere Rolle, als uns bewusst ist.

Schutzengel

Schutzengel gibt es in recht großer Zahl. Zu dem Menschen, den sie beschützen und begleiten, haben sie eine enge Beziehung; sie kennen ihn gut, der Mensch selbst ist jedoch immer frei in seiner Entscheidungsfindung und seinem Handeln. Trotzdem kann uns ein Engel in gewissen Situationen vor Schaden und Gefahr bewahren.

Hat jeder Mensch mindestens einen Schutzengel? Ich weiß es nicht, meine aber: eher ja.

Allerdings denke ich, wenn ein Mensch sich konstant von Gott abwendet, dann hält ein Lichtgeschöpf, wie Engel es sind, sich zurück und im Umfeld und Einflussbereich dieses Menschen nimmt die Finsternis zu.

Eine treffendere Bezeichnung für Schutzengel wäre «Begleitengel» oder «Lebensengel», da sie uns nicht nur beschützen, sondern ein Leben lang begleiten, auch in Situationen, in denen wir nicht gerade Schutz, sondern vielleicht einen aufmunternden Gedanken gebrauchen können, oder wenn wir Hilfe benötigen beim Kitten einer zerbrochenen Beziehung und bei vielem mehr.

Dein Engel freut sich schon vor deiner Geburt auf dich und er wird bei dir sein, wenn du im Sterben liegst.

Engel im Himmel

Später gibt es viel zu lesen vom Paradies und der himmlischen Stadt. An diesen Orten halten sich Engel auf: Millionen von ihnen, verschiedenartige Engel mit unterschiedlichen Funktionen. Sie helfen den Menschen, die im Himmel sind, sich weiter zu entfalten und in ihre ganz persönliche Berufung hineinzuwachsen, sich zu entwickeln gemäß Gottes Plan.

Wir müssen uns manchmal erst noch an den Gedanken gewöhnen, dass Gottes Plan durch und durch gut für uns ist, weil er uns liebt und uns geschaffen hat. In seiner Kreativität und Komplexität hat er auch Engel miteinbezogen, um uns zu helfen. Diese Engel achten sehr auf uns; aber ihre Beziehung zu uns ist nicht von gleicher Qualität und Bedeutung, wie Menschen sie zueinander haben können.

Kampfengel

Diese Engelwesen haben den Auftrag, auf der Erde oder in anderen Dimensionen die Finsternis zurückzudrängen. Sie agieren oft in Gruppen oder Heeresformationen, können aber auch einzeln aktiv sein und uns erscheinen.

Sie kämpfen nicht so, wie wir uns vielleicht Krieger oder Soldaten vorstellen. Sie sind da, um ganze Gruppen zu motivieren, Kirchgemeinden, geistliche Bewegungen. Sie helfen, dass größere Gebiete und Menschengruppen in die Berufung hineinwachsen, die Gott für sie bereithält.

Oft tragen sie «unseren Kampf» aus, damit uns mehr geistlicher Raum zur Verfügung steht, schon hier auf der Erde.

Wo Christen intensiv beten, tauchen diese Engel gerne auf – nicht zur Unterhaltung, sondern, um etwas zu bewirken: geistlich wird «Land eingenommen». Das bedeutet, dass die Menschen in dieser Umgebung mehr Erkenntnis von Gott erhalten. Dann können sogar politische Umbrüche geschehen wie 1989 beim Fall der Mauer in Osteuropa. Ich bin der festen Überzeugung, dass dort Engel im Spiel waren; man weiß, dass davor und während dieser Zeit sehr viel gebetet wurde für einen gewaltfreien Umschwung.

Mehr über diese Kämpfer-Engel findest du in Kapitel 12, «Engelsformationen».

Eine schöne Beschreibung einer Engels-Erscheinung lesen wir in der Bibel, im Osterbericht des Matthäus-Evangeliums:

Als der Sabbat vorüber war, gingen Maria aus Magdala und die andere Maria frühmorgens hinaus an das Grab [in dem Jesus nach seiner Kreuzigung bestattet worden war]. Es war Sonntag, der erste Tag der neuen Woche, und der Morgen begann gerade erst zu dämmern.

Plötzlich fing die Erde an zu beben. Ein Engel des Herrn war vom Himmel herabgekommen, hatte den Stein vor dem Grab beiseite gewälzt und sich daraufgesetzt. Er leuchtete hell wie ein Blitz, und sein Gewand war weiß wie Schnee. Die Wachposten stürzten vor Schreck zu Boden und blieben wie tot liegen.

Der Engel wandte sich an die Frauen: «Fürchtet euch nicht! Ich weiß, dass ihr Jesus, den Gekreuzigten, sucht. Er ist nicht mehr hier. Er ist auferstanden, wie er es vorhergesagt hat! Kommt her und seht euch die Stelle an, wo er gelegen hat. [...]» Erschrocken liefen die Frauen vom Grab weg. Gleichzeitig erfüllte sie unbeschreibliche Freude.

Matthäus 28,1–6.8

In dieser Schilderung sehen wir einige typische Merkmale einer Engelsbegegnung:

- Der Engel hat weißes Kleid an und leuchtet extrem hell.
- Erschütterung
- unerwartete Ankunft
- Zeugen sind erschrocken
- Der Engel gibt eine wichtige Botschaft.
- Diese Botschaft deckt sich mit biblischen Verheißungen (Ankündigungen).
- Die Engelsbegegnung bringt Aufregung, etwas Schrecken, aber auch Freude.

Diese Begegnung hat viele schöne Nuancen: Ein paar Frauen erleben etwas Wichtiges. Auf die Engelserscheinung reagiert auch die natürliche Umgebung – die eher feindlichen Grabwachen der Römer sind kollabiert. Die Frauen erhalten dann eine Botschaft, die sie ausrichten sollen; einerseits sind sie erschrocken bis erschüttert, aber über die Botschaft freuen sie sich.

Ein Engel direkt aus Gottes Nähe

Generell sind Engel immer Gott nahe.

Wenn sie direkt und unmittelbar aus der Gegenwart Gottes zu uns kommen, könnte es sein, dass sie für uns besonders beeindruckend sind. Vieles davon ist für uns Menschen wohl ein tiefes Geheimnis, das sich erst später lüften wird.

Dazu hier eine Beschreibung aus dem Buch «Durch den Schleier sehen» von Blake K. Healy. (Was dieser Engel ihm erklärt, zitiere ich in K, «Thema: Zeiten und Zeitfenster».)

Blake Healy schreibt:

Sein [des Engels] Licht beschien den Boden vor mir, aber seine Wärme spürte ich schon, bevor ich das Licht sah. Zaghaft hob ich den Blick, um ein paar brennende Füße, flammende Beine und einen lodernden Oberkörper zu sehen. Zu behaupten, er sei von Flammen verschlungen, wäre noch eine Untertreibung gewesen. […]

[…] es war nicht das Feuer, was mich stocken ließ, sondern die immense Wahrnehmung von Kraft und

Ansehen, die von irgendwo aus dem Innersten dieser Flammen herausstrahlten.

[...]

Jeder Zentimeter an dem Engel funkelte. Ich würde ja sagen, dass seine Rüstung mit Intarsien aus Juwelen und Edelsteinen geschmückt war, aber dies hier sah nicht so aus, wie auf einem Kollier oder einem Verlobungsring, auf denen die Steine durch Fassungen und Befestigungen gehalten werden, sondern diese hier waren Teil des Goldes, so wie Blätter Teil eines Baumes sind. Nichts hielt sie zusammen. Jeder war ein Teil des anderen.

Ich verbrachte einige Zeit damit, seine Rüstung zu bewundern, zum Teil, weil sie so faszinierend war, aber hauptsächlich deswegen, weil ich mich davor fürchtete, diesem wirklich außerweltlichen Wesen in die Augen zu schauen. [...] nun verstand ich zum ersten Mal, warum manche Engel ihre Botschaft an Menschen mit: «Fürchte dich nicht!» einleiteten.

Blake K. Healy hatte zuvor schon andere Engelsbegegnungen gehabt, darum wurde ihm wohl zugetraut, auch diesen imposanten Besuch zu verkraften.

Die meisten Engelsvisiten, von denen Menschen berichten, sind nicht ganz so krass. Allen gemeinsam ist, dass sie uns einen Teil von Gottes noch verborgenem Reich sichtbar machen.

C Thema: Dämonen und Geistwesen

W ir sind es gewohnt, unsere Aufmerksamkeit eher auf das Sichtbare zu lenken.

Wer sich nur um Materielles kümmert, bemerkt die geistigen Wesen meist nicht – aber jemand, der geistlich gesehen eher offen, sensibel oder aber erfahren ist, kann manchmal negative «Präsenzen» aus der unsichtbaren Welt spüren oder sehen, also die Anwesenheit eines oder mehrerer Dämonen.

Wer sich bemüht, Dämonen wahrzunehmen, läuft Gefahr, diesen Geistwesen zu viel Aufmerksamkeit zu schenken, weil sie so interessant erscheinen. Oder man vermutet hinter jedem Gefühl, hinter jeder Merkwürdigkeit eine geistliche Macht, einen Dämon.

Ich lerne immer mehr, einfach auf Gott selber zu schauen; dort liegt das wirklich Spannende und Erfüllende. Ich würde nie aktiv einen Engel oder einen Geist herbeirufen, auch nicht Verstorbene. Richte dich auf Gott aus – er ist es, der dir Liebe gibt und die Gewissheit, dass du angenommen bist.

Was existiert in der unsichtbaren Welt?

Es gibt gute geistige Wesen, die nennen wir «Engel». Und es gibt böse Wesen, die Dämonen; ihr Anführer ist der Teufel («Durcheinanderwerfer»), der Satan («Widersacher»).

Gibt es noch andere Geistwesen? Ich nehme an, dass auch die Seelen von Verstorbenen zeitweise noch mit der Erde verbunden sind oder sie sind gebunden an einen Ort hier auf der Erde, Stichwort «Spukhaus».

Zu diesen Geistwesen sollen wir keinen Kontakt aufnehmen. Aktiv Kontakt zu Dämonen zu suchen, wird immer destruktiv sein.

Was im Spaß beginnt, mit «Tische rücken» oder dem Partyspiel «Frage–Antwort pendeln», geht meist über in Okkultismus und kann in Gebundenheit und Depression münden; das Gleiche gilt für den Gebrauch von Tarot-Karten und für Wahrsagerei. Leider sind solche «Einstiegspraktiken» als Spielchen getarnt, aber sie können sich schnell zur massiven Belastung auswachsen.

Das Wesen von Dämonen

Dämonen wollen, dass du dich von Gott distanzierst und ihn hinterfragst. Sie sind voller Hass und Destruktivität, lassen es dich zunächst aber nicht wissen. Ihre Strategie ist, anfangs vermeintliche Macht und Wissen über die Geisterwelt zu verleihen; so ködern sie den Menschen und führen ihn in einen Sumpf aus Negativem, Bindungen und Angst. Die erhoffte Macht ist nur zu oft gegenstandslos und sie fordert einen sehr hohen Preis.

Satan ist ein ehemaliger Engel, der sich gegen Gott aufgelehnt hat; oft wird angenommen, dass auch Dämonen «gefallene Engel» sind. Sie hassen die Menschen und sie hassen Gott; aber sie haben bei Weitem nicht die Kraft und Autorität wie Gott und seine Engel.

Sie sind hässlich, können aber auch als Schönheit in Erscheinung treten, um uns Menschen zu täuschen. Die meisten aufgeklärten Leute belächeln diese Überzeugung und bezweifeln, dass es das gibt.

Gibt es böse Geister wirklich?

Wenn du schon mal einen Horrorfilm gesehen hast oder eines dieser unzähligen Videogames, die voll sind von top-designten dämonischen Kämpfern und Wesen: Diese Darstellungen kommen dem recht nahe, wie diese Kreaturen wirklich aussehen.

Ich will dir mal ein dämonisches Wesen beschreiben, nur eines von vielen:

Es hat die Ausstrahlung einer Hyäne (nichts gegen Hyänen!), sein Kichern ist fies und erbarmungslos. Es bewegt sich geduckt, denn es wird von einem Mit-Dämon herumkommandiert. Ist es selbst am Drücker, gibt es Vollgas: Es beißt um sich, erniedrigt andere Dämonen. Sein Atem ist übelriechend, gelblicher Schlabber verlässt ungefragt seinen Mund. Seine Haut ist uneben-schuppig und mit dicken Stacheln übersät. Die Beine bestehen hauptsächlich aus riesigen Klauen – es kann sich aufrecht bewegen, meist plump, aber auch unerwartet flink, einem Krokodil gleich. Seine Augen blinken feurig, aber kalt; und wenn es grunzt, dann verlassen meist Flüche oder Lügen seinen Mund. Dämonisch eben.

Ein anderer Dämon hat die Ausstrahlung eines Popstars; zumindest versucht er, es so aussehen zu lassen. Er tritt in Erscheinung ähnlich einem Menschen, seine Gesichtszüge sind hart und unbarmherzig. Es verlangt ihn danach, dass man ihm huldigt, ihm gehorcht. Er belästigt Menschen gerne nachts und kann einem einen eiskalten Schauer verursachen. Spricht man den Namen «Jesus» aus, mag er das gar nicht; und ruft man Jesus intensiv an, dann verschwindet er.

Wie kann man sich vor Dämonen schützen?
Dass Dämonen dem Menschen zu sehr nahekommen, dafür kann es verschiedene Ursachen geben.

Eine Möglichkeit besteht darin, dass Familienmitglieder schon seit Generationen mit okkulten Geistwesen verstrickt sind. Oder jemand hat sich selbst wissentlich oder unwissentlich dem Okkulten (Bösen) geöffnet.

Es gibt auf der Welt Gebiete, in denen Dämonen präsenter sind als anderswo. Vielleicht hast du auch schon mal irgendwo ein plötzliches Unbehagen verspürt, einen kalten Schauer oder unerklärliche Angst.

Dämonen können auch vermehrt Einfluss nehmen, wenn jemand sich generell dem Bösen öffnet, indem er/sie z. B. Handlungen begeht, die ihn/sie von der Nähe

Gottes wegbringen – wie Missbrauch anderer – oder sich sinnlos vielen brutalen Bildern und Filmen aussetzt (Sadomaso-/Pädophilie-/Horrorfilme).

Am besten fährt man, wenn man sich von all dem fernhält.

Wenn du dich bereits gebunden fühlst von finsteren Mächten, dann suche einen Seelsorger auf, der dir helfen kann; rufe auch Jesus direkt um Hilfe an. Dunkle Mächte hassen seinen Namen und seine Gegenwart und fürchten diese.

Welche Wesen können sich wo aufhalten?

Ich bin sehr überzeugt davon, dass hier auf der Erde sich sowohl gute als auch böse geistige Wesen aufhalten können: gute Engel und auch Dämonen, also schlechte Geister. Wir Menschen sind in unserem Leben den Mächten beider Seiten ausgesetzt – und wir haben die Freiheit zu entscheiden, von wem wir uns beeinflussen lassen wollen.

Menschen, die in früher Jugend bösen Mächten ausgesetzt waren, erleben das Licht und die Liebe Gottes oft umso intensiver, wenn sie diese erst einmal gefunden haben.

5 Rasen im Paradies

M eine Füße – mit mir – landen sanft auf diesem grasgrünen lebendigen Rasenteppich.

Rasen? Eine lebende Wiese, bestehend aus gleichmäßigen kurzen Grashalmen, die Licht in sich aufnehmen können und es auch wieder weiterzureichen vermögen.

Die zarten Gräser heißen meine Fußsohlen und mich als Ganzes willkommen. Da ist nichts von Zertrampeln, alles schmiegt sich liebevoll an. Ungläubig staunend blicke ich auf diesen sich sanft bewegenden Grasteppich und stelle fest: So ein Grün gibt's doch gar nicht! Schlichtweg unmöglich! Ich denke sogar noch: «Wie soll ich das jemals jemandem erklären? Ein Grün-Grün-Grün, das es eigentlich gar nicht gibt!?»

Es ist ein Königsgrün, es strotzt nur so von Frische und Fröhlichkeit, Anmut und Harmonie. Kein einziges Gräschen stellt sich quer, und doch ist dies anzuschauen alles andere als langweilig – dabei gibt es weder Verwelken noch Abfall noch Unkraut!

Einen Moment denke ich: «Merkwürdig, dass diese Gräser alle eher kurz sind und so gleich lang; aber es ist faszinierend und knackig.»

Ein leichter Wind streicht durch die Rasenwiese und nun beginnt alles zu leben: Ein Gräschen berührt das nächste und die ganze Ebene lebt. Ich gehe ein paar Schritte tiefer in die Rasenwiese hinein und nun ist es, wie wenn die Gräschen mit mir kommunizieren können, mich willkommen heißen: Sie strahlen ein sanftes grünes Licht in meine Richtung!

Im Hintergrund der Landschaft sehe ich nun crazy-vielfältige Blumenwiesen: Mischgras und kreative neuartige Pflanzenschöpfungen, aber irgendwie sind sie mir doch bekannt, so ähnlich zumindest. Gärten, angelegt voller Harmonie; und auch Wildnis, die Kraft verspricht, und Erholungsraum, der Genuss und Unbändigkeit verströmt. Diese Landschaften sind sicher kilometerweit von mir entfernt – aber ich habe die Fähigkeit, wie mit einem Teleskop ganz nah hinzuschauen.

Zurück zum Lebendrasen: Seine Reinheit und Gelassenheit lassen den Betretenden erahnen, dass man in Ruhe vorbereitet wird auf etwas, das enorm ist – groß – heilig – erhaben – zentral.

Ein Gedanke setzt sich fest in mir: Dort auf diesem Hügel oben gibt es etwas Großartiges. Dort oben befindet sich eine Stadt! Diese Gewissheit setzt sich glasklar in meinen Gedanken fest, obschon ich die Stadt selber noch gar nicht sehe, nicht erkennen kann; aber ich scheine zu wissen, dass sie dort oben existiert und dass sie überaus wichtig ist.

Intuitiv möchte ich mich gerne den Hügel hinaufbewegen, das spüre ich. Etwas zieht mich an und motiviert mich, in diese Richtung zu gehen: nach oben zu diesem Berg, den gigantischen Hügel hinauf. Mir wird klar: Was mich dort erwartet, das existiert in einer sehr großen Dimension. Für ein menschliches Wesen muss dort das Zentrum des Universums sein, das wahre Zentrum.

Gottes heilige Gegenwart verdichtet sich zunehmend, während ich auf diesem mir nicht mehr ganz fremden Wiesenrasen den Hang hinaufgehe. Laufe ich oder schwebe ich? Wohl von beidem etwas! Meine Fußsohlen spüren immer wieder die angenehmen lebendigen Grashalme unter mir – aber zeitweise scheint mir, dass ich dahinschwebe.

Der große freundliche, etwas ruhigere Engel begleitet mich immer noch; und mir scheint, dass er genau weiß, was ich empfinde, und dass er mich seit meiner Entstehung kennt. Ich bemerke auch, dass er mich ab und zu absichtlich ein wenig allein lässt beim Entdecken dieser neuen Dimension; trotzdem nimmt er mich dann weiter mit sich in Richtung der Stadt auf dem Berg.

Und wo ist eigentlich der andere Engel? Ich entdecke ihn etwas hinter uns stehend. Er redet mit einem Menschen, der wirkt, als sei er auch gerade erst hier angekommen; jedenfalls scheint er ebenso wie ich geflasht zu sein von dieser Rasenwiese und er hat noch mehr den Hang zum Fragen als ich. «Mein» Engel scheint den Schutzengeln des Neuankömmlings ein wenig zu helfen.

Der Neuankömmling ist ein älterer osteuropäisch aussehender Herr. Bolzengerade steht er da, etwas unbeholfen noch, aber sanft lächelnd. Während er den Engeln um ihn herum zuhört, findet in Gesicht und Haltung eine Wandlung statt: Er wirkt zunehmend jünger, seine Haut glättet sich, die Haltung wirkt nun locker und entspannt. Gebannt schaut er den Hügel hinauf, an dessen Fuße wir alle uns befinden. «So viel Gold dort oben! Und diese leuchtenden Blumenwiesen hier drüben!», entfährt es ihm mit rauer, emotionaler Stimme.

Die Stadt selber kann ich nicht erkennen, weiß aber schon, dass sich dort oben eine gewaltige Stadt befindet; golden soll sie sein … Forschend bitte ich meinen Engel:

«Lässt du mir etwas Zeit, damit ich verkraften kann, was mich da oben erwartet – oder ist meine Zeit noch nicht da, dies zu entdecken? Sollen wir vorerst die wilden Wiesen anschauen gehen?»

Während ich dies, zu dem Engel gerichtet, ausspreche, zieht es mich hin zur Spitze dieses mehrere Kilometer hohen Hügels; aber auch hier auf dieser Rasenwiese fühle ich mich wohl.

«Die Temperatur hier ist perfekt, die Luft so frisch! Wie konntet ihr diesen Duft so mixen, der ist ja noch besser als mein Lieblingsparfum?!»

Der Engel lässt sich nun bewusst etwas mehr in die Kommunikation mit mir ein. Es ist klar, dass man hier keinen Gedanken verstecken muss; das ist auch gar nicht möglich. Mein Engel scheint das nicht anders zu kennen; doch er weiß auch, dass ich mich erst daran gewöhnen muss. Das Lernen geht jedoch um ein Vielfaches schneller als in der Erden-Dimension.

Er erklärt mir die Erfahrungen und Dinge hier – und ich fühle mich kein bisschen belehrt, sondern nur bereichert:

«Wir haben hier auch deinen Duft kreiert, passend zu deinem ganz besonderen Wesen. Wenn du dich nun Gottes Gegenwart noch mehr näherst, werden die Düfte zunehmend vielschichtiger und bedeutender. – Komm!»

Ich denke, besser als dieser frische und aromatische, faszinierende Geruch kann doch gar nichts sein; doch während wir weiterziehen den oberen Hängen zu, werden die Düfte tatsächlich noch frappierender. Jede Dimension, jedes Etwas, das meine erweiterten Sinne wahrnehmen können, scheint die Erwartung der intensivierten Präsenz Gottes zu reflektieren und gleichzeitig zu verinnerlichen. Hier scheint alles ein einziges großes harmonisches «Geben und Nehmen» zu sein oder, noch besser: ein gegenseitiges Sich-Inspirieren.

Trotzdem gehen einige Gedanken von mir zur Erde zurück: Ich sinniere, dass wir auf der Erde einander so oft gegenseitig nicht wahrnehmen und dass das wohl ein Zeichen von Liebesmangel sein muss – vielleicht wollen wir es nicht oder wir können es nicht.

Hier bedeutet alles: «Ich sehe dich, du bist mir wichtig. Komm, entspann dich, du bist hier zu Hause!»

Dieses starke und befriedigende Gefühl des Zuhause-Seins, des Ankommens, des Wahrgenommen-Werdens wird zunehmend stärker. Es erfasst jede Faser meines Seins, meines überirdischen Körpers, meiner Gedankenwelt. Der Engel erkennt, dass sich diese Wahrnehmung in mir zusehends verstärkt – und es scheint ihn zu freuen, aber nicht zu erstaunen.

«Zuerst zeige ich dir hier ein paar Bereiche des Paradieses, dann begeben wir uns zur Stadt hin.»

6   Wildblumen und Riesenbäume

Flupp – und wir befinden uns auf einer Wildblumenwiese. Schon immer wollte ich im Garten eine bunte Wildblumenwiese haben… Warum es beim Wünschen geblieben ist, das ist mir jetzt aber egal.

Denn dieser Klatschmohn und diese Kornblumen sind viel, viel schöner, als ich sie je auf der Erde gesehen habe – groß, kräftig und vibrierend vor Energie, gemischt mit dutzenden anderen Blumen.

Eine Kornblume kichert zu mir hin (echt: Sie redet zu mir!) und versichert mir: «Du kannst mich ruhig pflücken, das geht.» Nun halte ich sie in den Händen und streiche über die samtigen hellen blaulila Blütenblätter; in diesem Moment sprüht ein lachender Staub von ihr weg über meine Hände. Ich beginne auch zu lachen – erst gluckst es in mir und dann berste ich aus in ein befreites Lachen.

«Craaazy, hier lebt ja alles!»

Die Blumen sind so lebendig! Als ich mich mit der Kornblume in der Hand zum Boden neige, wächst sie sofort wieder an – dort, wo sie zuvor gestanden hat.

Ich lege mich kurz zu ihr hin. Von nebenan neigt sich nun auch eine große hellrote Mohnblume über mein Gesicht und versprüht einen erfrischenden Duft. Nun wachsen weitere Mohnblumen in meine Richtung, sie scheinen mir etwas vom Charakter Gottes zu zeigen: Fröhlichkeit. Unvergänglichkeit. Eleganz. Bewahrung.

Es ist, als würde ich mit den Blumen zusammen aufblühen. Ich *denke* nur, dass ich nun so viel Power verspüre, dass ich aufspringen könnte – und schon stehe ich wieder auf den Füßen!

Mein Engel führt mich weiter.

Ich sinne noch nach über die «Persönlichkeit» der redenden Kornblume, da stehen wir unvermittelt vor riesigen Bäumen, etwa siebzig Meter hoch ist solch ein Baum. Wenn die Blumen schon leben, dann die Bäume erst recht: Sie strotzen vor Kraft und Harmonie. Ihr sattes Braun und Grün sind lichtdurchflutet. Wenn der Wind durch die Blätter streicht, hört man eigenartige rhythmische Klänge. Vielschichtige Musik.

Der Engel erklärt mir: «Wir befinden uns im südlichen Bereich des Paradieses. Drüben in der heiligen Stadt gibt es weitere Bäume, sogar solche mit heilenden Blättern dran.»

Von dem Baum vor mir zupfe ich ein Blättchen ab, es hat eine ähnliche Form wie die Blätter des Ginkgo-Baums. Sofort wächst an der Abbruchstelle wieder ein Blatt nach.

In der Ferne entdecke ich gewaltige Berge und auf halbem Wege eine Landschaft mit Wasserfällen und Seen. Auffällig viele Vogelschwärme verweilen dort.

Die meisten Gegenden bestehen aus beeindruckender, wilder Natur, ab und zu unterbrochen von Häusergruppen, Dörfern und friedlichen Städten, harmonisch in die Hügellinien eingebettet.

Wenn ein Detail besonders meine Aufmerksamkeit weckt, dann zoomt mein Blick von allein zum Interessensobjekt heran, so nah, dass ich alles höchst detailliert erkennen kann, als hätte ich ein Mikroskop vor den Augen.

Wir gehen ein paar Schritte auf einem sanften Weg, bei jedem Tritt gibt er zuerst ein wenig nach und dann lässt er meinen Füßen Energie zukommen – es ist wie ein zarter Gegenschub für den nächsten Tritt. Von unten aus dem Weg heraus und auch von den Bäumen her kommt Musik; wenn ich und die Engel einander etwas mitteilen, wird sie leiser, wie wenn der Sound sich selber dimmen könnte.

Nicht alle Bäume hier ähneln den Erdenbäumen. Es gibt riesige Bäume mit Blättern wie Kristallblättchen; sie geben einen wunderschönen Glockensound von sich, wenn man an ihnen vorbeistreift. Einige dieser Bäume sind hoch wie ein Wolkenkratzer. Immer wieder sehe ich Menschen, die in luftiger Höhe durch die Äste streichen und diese Klänge erzeugen.

Die Kristallblätterbäume stehen meistens in der Nähe von Siedlungen und vor allem die Kinder machen sich einen Spaß daraus, zu mehreren die Blätter zum Klingen zu bringen. Auch diese Klangblätter scheinen intensiv zu leben; sie summen nämlich auch von allein in spannenden Harmonien und ergänzen damit die glockigen Töne hervorragend.

Und die Bäume kommunizieren mit den Kids!

Mit freudigem Gekreisch gleitet ein Dreijähriger zusammen mit anderen Kindern an den Ästen herunter wie auf einer riesigen Rutschbahn. Er quietscht vor Vergnügen und kichert – und schwupp!, landet er vor meinen Füßen.

«Komm mit mir zur Krone hoch!», muntert er mich auf, ohne Berührungsängste. Er scheint mich sehen zu können! Die meisten Menschen hier nehmen mich nicht wahr, für sie bin ich unsichtbar. Doch dieser kleine Junge sieht mich.

«Wie heißt du?», frage ich ihn.

«Benny Wirbelwind nennen mich die Kinder hier, mein wahrer Name wird erst kommen.»

«Wie meinst du das?»

«Jesus hat mir erklärt, dass ich nur langsam wachse und dass wir auf meine Eltern warten. Wenn sie mal hierherkommen, dürfen sie mir einen Namen geben. Und sie bekommen dann vieles, was sie jetzt auf der Erde verpassen, zum Beispiel, mich aufwachsen zu sehen.»

Er giggelt wieder sein Glockenlachen. Für sein Alter scheint er sehr reif zu sein und trotzdem ist er voll und ganz Kind. Ich will ihn noch mehr fragen zu diesen Wachstums-Zeiten, doch schon sagt mein Begleitengel:

«Ich erklär's dir. Im Himmel gibt es eine andere Zeitrechnung. Einige Kinder warten mit dem Wachsen auf ihre Eltern, ihnen zum Trost; andere nehmen schnell zu an Reife und Wachstum – das ist bei jedem unterschiedlich, ganz individuell. Gott berücksichtigt, was für das Kind passt und was den Eltern guttut. Für die Eltern ist es meist ein heftiger Verlust, wenn ihr Kind stirbt. Hier wird wieder zusammengefügt, was auf der Erde schmerzhaft getrennt wurde.»

Ich seufze.

Benny Wirbelwind ist bereits wieder dabei, mit anderen Kindern auf den Ästen wie auf einer Rutschbahn hinunterzugleiten. Sie geben einander Tipps, welcher Ast dazu am besten geeignet ist, und die Kinderstimmen vereinen sich mit dem Klirren der Kristallblättchen.

«Komm, wir besuchen noch mehr Bäume und Landschaften.»

Wir fliegen. Wie cool ist denn das! Schon auf der Erde habe ich es geliebt zu fliegen, aber hier ist es noch besser, man braucht nämlich kein Fluggerät dazu.

Es ist frisch hier, doch die Temperatur ist perfekt.

In einiger Entfernung erkenne ich wieder andere Landschaften, alle traumhaft schön.

Bei einer Baumgruppe machen wir einen Zwischenstopp. Noch schweben wir auf Wipfelhöhe. Diese Baumkronen sind gewaltig. Ich setze mich auf einen dicken Ast, wie ein ausgestreckter Arm hält er sich bereit. In meinem Ast-Bett lehne ich mich an und greife in die weichen Ästchen über mir. Ist das eine Trauerweide im Großformat?

Nachdenklich streichele ich die länglichen Blätter, dabei kommt in mir etwas Traurigkeit auf: Warum wollen wir Menschen so selten einsehen, dass die Erde erschaffen wurde aus Liebe zu uns? Wo steht der Planet Erde jetzt? Was wird Gott tun mit unserer blauen Riesenkugel? Ich schließe die Augen und denke und denke.

Der Engel stupst mich freundlich.

«Gott hat die Erde im Griff, sein Plan steht fest, er weiß, was er tut», teilt er mir mit – und verstummt. Er will mir wohl Zeit geben, mich auf etwas Neues einzulassen.

«Ich verstehe deine Traurigkeit», sagt er dann laut und gefasst.

Sehe ich in seinem sonst so zuversichtlichen Gesichtsausdruck etwa eine gewisse Besorgtheit um die Erde?

Ich setze mich auf, verlasse mein gemütliches Ast-Blätterbett und erhebe mich aus der Baumkrone.

«Wie steht es um den Planeten Erde? Die Natur dort? Wo steuert die Menschheit hin?»

«Das kannst du *ihn* fragen, wenn du ihn triffst. Alles wirst du nicht erfahren, aber frag ihn. Und jetzt schau dir das an!»

Der Engel zeigt in eine Richtung und ich entdecke in ein paar Kilometern Entfernung – Wasserfälle!

Mein Blick zoomt dorthin und schon befinden wir uns vor Ort. Inzwischen hat sich auch der zweite Engel wieder zu uns gesellt.

In mehreren Wasserbündeln stürzen ganze Tiraden von lebendigen tosenden Wassersäulen die Hänge hinunter. Wasserdampf und Regenbogen bilden ein faszinierendes Schauspiel.

Menschen im Wasser! Es scheint ihnen Spaß zu machen, sich in die Fluten zu stürzen und die Wasserfälle hinunterzugleiten. Unten angekommen, tauchen nicht alle sofort wieder auf; einige verweilen unter der Wasseroberfläche – offensichtlich geht ihnen dort nicht die Luft aus.

Ist ja «strange» – echt krass.

Das will ich auch! Sofort, es scheint unglaublich Spaß zu machen.

Der größere der Engel hält nichts davon. Er sagt nicht wirklich «Nein»; es ist eher so, dass er meinen Wunsch ignoriert. Ich mustere ihn kurz von der Seite her.

Er sagt nichts und ich verstehe, dass ich hier bin, um das Ganze wahrzunehmen, zu erfassen, zu beobachten – aber dazugehören kann ich noch nicht.

Zu dritt fliegen wir nun in eine neue Landschaft hinein. Sie ähnelt eher einer Steppe oder Savanne, die Bäume sind etwas kleiner als zuvor und die Früchte, die sie tragen, kenne ich nicht.

Offensichtlich sind sie aber essbar; und sobald ein Mensch eine Frucht pflückt, wächst eine neue nach, ziemlich schnell.

Das will ich mir genauer anschauen.

Hier ist ein rundlicher Baum mit olivfarbenen Blättern, die Früchte haben eine Form wie Birnen, die Farbe ist seidiges Kupferorange und sie verströmen einen ganz speziellen Duft. Saftig sehen sie aus, super-saftig! Blüten hat der Baum keine, trotzdem duftet es intensiv nach hyper-frischen Orangenblüten.

Die Äste hängen tief nach unten und vermitteln mir ein Gefühl von Geborgenheit. Ich spüre eine Ausstrahlung von Ruhe, wenn ich zwischen ihnen hindurchschlendere, um die Früchte auf Augenhöhe zu betrachten. Es ist, als hielte mich der Baum für eine Weile in seinen Ast-Armen – sanft wiege ich mich in seinem Rhythmus.

Soll ich den entspannteren der Engel fragen, ob ich eine Frucht probieren darf?

7   Tiere im Paradies

Die Bäume und Blumen sind beeindruckend. Erst nach einer Weile realisiere ich, dass es hier auch viele Tiere gibt. Vielleicht wird mir das von den Engeln absichtlich nur nach und nach gezeigt?

Über den Wiesen sah ich bereits verschiedene Schmetterlinge und in den Bäumen tummeln sich Eichhörnchen, Vögel und andere, mir unbekannte Tiere. Keines ist scheu oder nervös oder fühlt sich gejagt. Ein Eichhörnchen mit eleganten Streifen auf dem Rücken scheint mit mir reden zu wollen.

«Ja?»

«Sienna, erinnerst du dich noch an deine Lieblingshündin Lira und deine Katze Kita?»

«Aber klar doch …»

Im selben Moment kommen beide mit riesigen Sprüngen auf mich zugerannt. Auf der Erde lebte Kita bei uns, als ich zur Schule ging, Lira war bei uns, als meine Kinder Teens waren, aber jetzt sind sie beide hier: agil, beinahe aufgekratzt.

Mit langgestreckten freudigen Luftsprüngen drehen sie erst noch eine große Runde um uns herum; wer Haustiere hat, kennt dieses unbändige Beinahe-Galoppieren voller Elan, wenn ein Hund endlich von der Leine gelassen ist und in Windeseile weite Runden um einen herum zieht oder wenn er einen anderen Hund beeindrucken will. Und jetzt stürmt meine «Tier-Gang» auf mich zu.

«Hallo, ihr beiden!»

Nebst einem intelligenten Wellensittich waren das meine smartesten Haustiere, sie sind schon länger verstorben. Hellwach schauen mich die beiden an und beginnen via Gedankenübertragung mit mir zu reden: dass sie auf mich gewartet haben, dass noch mehr von ihnen da seien und vieles mehr.

Zwei Freudentränen drücken sich in meine Augenwinkel und ich fühle mich wie in meine Kindheit zurückversetzt – na ja, eigentlich besser: Das kindliche Wesen in mir steigt in meiner Seele auf, dabei läuft mein Erwachsenenhirn auf Super-Hochtouren.

Kita und Lira sind also *hier* – na, so was!

Und sie haben sich gar nicht verändert, ihr Wesen scheint unverändert dasselbe zu sein wie damals, als sie bei uns lebten. Es sind wirklich dieselben Tiere, das spüre ich genau; aber sie haben einen Ewigkeitskörper: Ihr Fell glänzt anders, ihr kleines Tierhirn kennt nun mehr Dimensionen, versteht sich auf differenziertere Kommunikation. Nein, wie Menschen sind sie nicht, aber sie haben deutlich mehr drauf als ein Erdentier.

Merkwürdig und faszinierend zugleich – superschön eigentlich!

Da macht Gott mir eine große Freude, dass meine Haustiere im Himmel weiterleben. Es ist offensichtlich, dass sie ihr Dasein genießen. Und wie enthusiastisch sie darauf reagieren, mich wiederzusehen!

Krass. Echt krass.

D   Thema: Tiere im Himmel

Wenn die Rede auf den Himmel kommt, ist es immer wieder erstaunlich, wie wichtig es den meisten ist, ob es im Himmel Tiere gibt – und natürlich, ob man dort seine geliebten Haustiere antrifft.

Gott hat Tiere geschaffen aus seiner liebenden starken Kreativität heraus.

Teils zum Zweck, dass die Erde hier einen funktionierenden Kreislauf bildet, teils aus Freude am Tierwesen selbst. Und ganz sicher auch, um uns Menschen zu bereichern – mit Wissen, mit Freude, mit Ehrfurcht, mit Beziehungen zu Tieren. Das Nutztier und Wildtier, das sein Leben für uns lassen muss oder eingebunden ist in den Zyklus von «Fressen und gefressen werden», diese Tierwelt ist Teil der gefallenen Schöpfung, die sich im Kreislauf von Leben und Tod befindet.

Im Himmel gibt es Tiere. Das kann ich mit Sicherheit sagen.

Aus unzähligen Erlebnisberichten geht eindeutig hervor, dass Leute ihre bereits verstorbenen Haustiere trafen; aber auch generell sind sie Tieren begegnet, von denen Gott weiß, dass sie diese besonders mögen. Magst du zum Beispiel Koalas super-gern, dann kann es gut sein, dass Gott im Paradies extra für dich Koalas in deine Nähe kommen lässt.

Häufig hört man Berichte von Begegnungen mit irgendwelchen Hunden, Katzen, Pferden, Vögeln und Fischen, auch mit Hirschen, Hasen und Eichhörnchen, ebenso mit exotischen Tieren und vielem mehr.

Für mich ist es logisch, dass Tiere, die hier auf der Erde einem Menschen etwas bedeutet haben, im Himmel weiterleben – aber auch Tiere, die hier nie ein Mensch wahrgenommen hat, einfach zur Bereicherung der ganzen Biosphäre im Himmel, im Paradies. Unklar ist mir, ob es im Himmel auch Kleininsekten und ähnliches gibt; von Schmetterlingen zumindest habe ich mehrfach gehört, dass es sie dort geben soll.

Der biologische Kreislauf von Verwesung und Erneuerung findet dort aber nicht so statt wie hier, denn alles wird vom Licht Gottes am Leben gehalten und ist davon durchdrungen – Laubfall und Tod gibt es dort nicht. In allem pulsiert Gottes Präsenz und Gottes Leben.

E   Thema: Natur und Landschaften

W enn NTE-ler beschreiben, welche Landschaften sie im Paradies gesehen und erlebt haben, dann sehen diese Landschaften einerseits aus wie die schönsten Landschaften hier auf der Erde. Andererseits auch etwas anders – und von der Materie und den Größendimensionen her *ganz* anders!

Gott ist es wichtig, dass der Mensch sich im Himmel wohlfühlt. Da wir aber weitergehende Fähigkeiten haben werden, können wir auch mehr an Weite und Größe verkraften.

Gewisse Beschreibungen der NTE-ler muten zuerst an, wie wenn das zu sehr «erdenmäßig» wäre. Ein Beispiel: «Ich sah am Horizont ganze Bergmassive, Bergspitzen bedeckt mit Pulverschnee, plätschernde Bäche, liebevolle Wege, die sich am Bach entlang schlängeln. Vor mir eine Wiesenweide mit Pferden drauf…» Als ich diese und ähnliche Beschreibungen das erste Mal hörte oder las, dachte ich: «Häää? Kann das wahr sein?»

Doch je mehr mein Verständnis für diesen Ort sich vertieft hat, umso besser habe ich begriffen, dass wir von Gott geschaffen sind, um dieses Paradies zu genießen und zu bewohnen. Das Paradies ist also das Original und die aktuelle Erde nur ein fades Abbild? Ja, denn so wunderschön die Erde ist in ihrer ursprünglichen Form, so weist sie doch auch überall Zerfall und Tod auf:

Wenn ich hier auf der Erde einer meiner Lieblingsbeschäftigungen nachgehe, dem Schnorcheln, genieße ich die traumhafte Vielfalt unter Wasser. Aber dann: Flupp! – und ein Fisch verspeist den anderen. Der Tintenfisch wird bedrängt von einer Gruppe großer Fische, die warten nämlich auf seine Eier. Fast jedes Tier ist in permanenter Angst oder zumindest Wachsamkeit, um nicht sogleich verspeist zu werden. Auch im schönsten Naturspektakel auf Erden gilt «Fressen und gefressen werden».

Im Himmel ist es damit vorbei.

Kein Tod.

Keine Verfolgung.

Kein Stress.

Kein Hass.

Die Natur wird am Leben erhalten durch die Gegenwart Gottes. Die ganze Natur, also jedes Lebewesen, jede Pflanze und jedes Tier hat ein Bewusstsein und kann sich mitteilen.

Der Mensch ist Gottes besonders geliebtes Geschöpf; für ihn hat er die Natur im Paradies geschaffen, damit er sich wohlfühlt und sich weiter entfalten kann.

Es gibt dort ein Gleichgewicht von vielen verschiedenen Landschaften, vom Tropendschungel über Palmenhaine bis zur Bergsee-Idylle. Du kannst dich dort aufhalten, wo du dich wohlfühlst.

Die Temperatur ist perfekt; und wenn ein Wind weht, dann ist er nur angenehm und richtet keinen Schaden an. Schwitzen, Frieren oder Erschöpftsein gibt es nicht.

Die Menge der Leute, die du treffen kannst, wird deinem Wohlfühl-Level entsprechen, dem in geheiltem Zustand: Wenn du von Natur aus eher Zurückgezogenheit magst, wird das so möglich sein; wenn du dich eher zurückziehst, weil du verletzt wurdest, vielleicht als Kleinkind isoliert warst oder man dich gemobbt hat, dann wird die Liebe Gottes dir Heilung schenken und du fühlst dich in einem sozialen Umfeld wohl.

8   Das spezielle Licht

Immer noch bin ich, Sienna, schwer beeindruckt von den Landschaften, Tieren und Menschen, die ich hier im Himmel antreffe. Ich kann nur staunen.

Und erst das Licht!

Mit dem Licht, das ich von der Erde kenne, ist es nicht zu vergleichen. Zeitweise ist es sehr hell, aber es blendet nicht, es ist immer angenehm und anziehend.

Ich suche hier die Sonne oder wenigstens einen Mond. Nichts davon ist zu sehen.

Wer oder was initiiert denn hier das Licht?

Da ich tatsächlich weder Sonne noch Mond entdecke, frage ich die Engel, von wo das Licht denn herkommt. Der größere von ihnen erklärt mir:

«Hier hat alles ein inneres Leuchten, es ist lebendig und von vielfältiger Intensität.

Sieh dir diese Gruppe von Bäumen an, bei ihnen siehst du ein gedimmtes Leuchten von innen heraus. Nun schau – dort kommen ein paar Menschen an den Bäumen vorbei; sie singen und tanzen. Und nun beobachte mal, was passiert: Die Bäume intensivieren ihr

Licht und ergänzen damit den Gesang der Menschen. Wenn du diese Blume hier betrachtest, dann nimmt sie das wahr und beginnt für dich ein unbeschreibliches Lichtspiel.

Das alles wird noch intensiver, wenn jemand ganz Bestimmtes sich nähert:

Wenn Jesus kommt!»

Schon von Weitem realisiere ich das Licht und die Liebe, die von ihm ausgehen. Die Blumen blühen dann noch kräftiger auf im ganzen Farbenspektrum, die Bäume beginnen zu vibrieren, Tiere halten freudig inne oder springen ihm entgegen.

Es ist schwer zu beschreiben, da hier andere physikalische Gesetze gelten.

Ich erinnere mich an den Moment, in dem er kommt.

9 Jesus

Mit gespannter Aufmerksamkeit höre ich der
Schilderung des «Balkonengels» aufmerksam
zu. Unvermittelt bemerke ich, dass die ganze Natur erfasst wird von einer inneren Aufregung. Das Licht war
schon recht hell, aber jetzt wird es noch intensiver, alles vibriert in freudiger Erwartung – und gleichzeitig
macht sich eine Ruhe breit, ein Wissen, dass alles gut ist
und jemand Göttliches sich naht.

Eine Lichtgestalt nähert sich uns.

Dann…

Unvermittelt tritt *er* in mein Sichtfeld. Ich bin
sprachlos. Zunächst kann ich ihm nicht direkt ins Gesicht blicken. Alles scheint so weiß.

Tausend Gedanken durchrasen mich gleichzeitig.
Ich blicke erst geradeaus und sehe sein Kleid. Es leuch-
tet, es scheint wie aus Baumwolle gestrickt zu sein, es
fließt geradezu. Direkt aus dem Kleid, wohl aus seinem
Körper, kommen Strahlen in meine Richtung geflasht.
Nun scheint mir, dass die Gestalt die Helligkeit ihrer

Erscheinung ein wenig zurücknimmt, damit ich es ertragen kann.

Seine Haut ist dunkler als erwartet und seine Haare sind ja gar nicht kurz – das alles denke ich gleichzeitig und in einer Geschwindigkeit, in der ich als Erdling nicht denken könnte. Erst jetzt bemerke ich, dass ich sein Gesicht am Anfang nicht wahrnehmen konnte.

Und dann trifft es mich wie ein Blitz: Seine Augen! Jesu Augen blicken mich direkt an, voll von Liebe. Voller Wissen über mich – er ist ja mein Schöpfer.

Ich fühle mich angekommen, angenommen, erkannt, geliebt, erfasst – alles gleichzeitig!

Die schönsten Gedanken erfüllen mich, alles ist noch heiliger, als es ohnehin schon war. Je nach Situation sehen die Augen von Jesus grün aus, dann blau, grau, braun ... Die Farbe ist mir eigentlich egal und doch durchfährt mich der Gedanke: Wie können Augen denn überhaupt *so* schön sein? Sein Ausdruck erinnert an die Reinheit von Kleinkinderaugen, jedoch gepaart mit der höchsten natürlichen Autorität, die ich jemals gespürt habe.

Das Krasseste ist aber das Maß an Liebe, das diese Augen vermitteln: «Ich liebe dich!» In diese Augen zu blicken, lässt mich erahnen, dass er alles weiß, alles kann – und mich trotzdem liebt.

Diese Liebe, die Jesus ausstrahlt, als er mich anblickt, lässt mich innerlich schmelzen und ich beginne zu weinen. Dieses Weinen ist eine Mischung aus Freude darüber, dass ich Jesus sehen kann, aber auch ein Schmerz über all meine Unzulänglichkeit – obschon ich mich in diesem Moment von ihm absolut angenommen fühle.

Er streckt seine Hand aus zu mir, sein Ärmel fällt etwas nach hinten und ich sehe ein Wundmal. Dort, wo Hand und Arm zusammenwachsen, zur Handfläche hin, trägt Jesus immer noch eine Narbe. Ich stutze – und mir wird klar, dass er am Kreuz tatsächlich und ganz real für jeden Menschen gestorben ist: wenn jemand das persönlich für sich so annimmt und um Vergebung der eigenen Sünden bittet. Es ist, wie wenn ich «das», was ich schon etwas länger glaube, nun auch real vor mir stehen sehe.

Dieser Gedanke macht mich ruhig, denn dadurch hat Gott es uns Menschen möglich gemacht, Zugang zum Paradies zu bekommen.

Er ist mein Gott.

Er ist mein Freund.

Er ist mein Retter.

Unfassbar – und jetzt doch so logisch und fassbar.

«Danke, Jesus!», sage ich ihm. Er antwortet mir und spricht recht lange mit mir.

Aus irgendeinem Grund kann ich mich später nur noch vage an diese Situation und die Themen des Gesprächs erinnern; aber ich weiß felsenfest, dass zwischen mir und Jesus ein langer und sehr tiefer Austausch stattgefunden hat. Nur zwischen uns beiden – nicht einmal meine Begleitengel waren dabei.

Jesus nimmt seinen Ärmel und trocknet meine letzten Tränen.

Da er mir nun so nahe ist, durchströmt seine Annahme mein Inneres und ich spüre, dass jetzt gerade Bereiche meiner noch verletzten Seele geheilt werden.

Endlich schaffe ich es, nochmals direkt in seine Augen zu schauen. Lange blicke ich in die ausdrucksstärksten Augen, die ich je gesehen habe. Das ist zu wertvoll, zu viel, zu intensiv, um es überhaupt beschreiben zu können.

Wenn ich mich später an diesen Moment erinnere, berührt mich das immer – eine tiefe Zufriedenheit macht sich dann in mir breit. Und die Sehnsucht, wieder dort zu sein …

Jesus hier vor mir erscheint kräftig, gesund und groß. Sehr groß. Ich betrachte ihn als Ganzes und bin wieder sprachlos. Ich brauche auch gar nichts zu sagen – mir ist klar, dass Er ohnehin alles erfasst, was ich denke.

Innerlich scheine ich zu kollabieren und gleichzeitig spüre ich: Jesus selber gibt mir die Kraft, aufrecht stehen zu bleiben. Ich möchte mich vor ihm verbeugen.

Seine Nähe erfüllt mich mit seiner Energie.

Kaum kann ich mein Glück fassen: Er will noch länger mit mir zusammen sein, mit mir ganz persönlich! Doch leider keimen in mir auch Zweifel auf: Ob ich seiner Gegenwart gewachsen bin? Oder bin ich innerlich zu unrein, zu unvollkommen? Ich erwarte, dass er mir dazu eine Antwort gibt, doch er erwidert mir:

«Sienna, endlich sehen wir uns einmal. Ich habe vieles für dich vorbereitet, es wird dir gefallen.»

Er nennt mich bei meinem Namen! Ich, Sienna, bin ihm bekannt!

Meine Mutter wollte mich Sina nennen und meinem Vater hätte Anna gepasst. Sienna heiße ich ganz offiziell, doch noch immer nennt mein leiblicher Vater mich gerne Anna und meine Mutter sagt oft «Sina» oder «Sini». Aber ich fühle mich seit jeher als Sienna.

Wie kann Er mir *so* sehr die Gewissheit geben, dass ich für ihn das wichtigste Geschöpf bin – und gleichzeitig mich erkennen lassen, dass er zu jedem seiner Geschöpfe diese intensive Liebe hat?

Ich staune auch, weil ich realisiere: Ich bin immer noch «ich», nur in einer anderen Materie. Meine Seele ist noch dieselbe, mein Mich-selber-Wahrnehmen – und auch mein Geist, nur viel wacher, als er es in seinen besten Zeiten auf der Erde sein konnte. Mein Körper ist die beste Version seiner selbst.

Tatsächlich sehe ich aus, wie Sienna eben aussieht – aber in einer wunderschönen Variante meiner selbst.

Zurück zu ihm, zu Jesus: Es erstaunt mich, dass er Sandalen trägt von der Art, wie man sie im Mittelmeerraum früher getragen hat; kurz habe ich ihn auch mal barfuß laufen sehen, das war auf einem weichen Waldweg. Bekleidet ist er mit dem schon beschriebenen weißen Kleid aus lichtausstrahlenden Fasern, locker und lebendig passt es sich ihm an.

Er sieht aus wie Anfang dreißig, er hat die Ausstrahlung eines reifen kraftvollen Mannes und zugleich die Jugendlichkeit und Zuversicht eines jüngeren. Sanftheit und Stärke schließen sich bei ihm nicht aus, sondern ergeben zusammen eine nie gesehene Schönheit von Charakter, Ausstrahlung und Aussehen.

«Was ist es, was du vorbereitet hast – für mich?», spreche ich jetzt in Worten aus. Ich hätte es auch nur denken können; aber es ist ein solches Privileg, Jesus direkt bei mir zu haben, dass ich die Chance voll ausnutzen will. Dabei denke ich noch, ich hätte etwas Intelligenteres sagen sollen, und Jesus – ja, echt! – Jesus lacht darüber. Er lacht! Kein Auslachen, es ist ein Lachen eines Best-Friends oder auch das eines Vaters, der sein Kind motivieren will, ein bisschen neugieriger zu sein. Vorfreude breitet sich in mir aus.

«Was hast du für mich?»

Nun nimmt er mich an der Hand und läuft mit mir Richtung Nordwesten. Da, wo seine Hand die meine berührt, spüre ich weiterhin Heilung fließen; vernarbte und verbogene Bereiche meiner Seele nehmen die göttliche Berührung auf, werden gerade und stark.

«Sienna, komm!», sagt er nochmals.

Zu zweit gehen wir also Richtung Nordwesten. Das ist vielleicht unwichtig, aber es war Nordwest. Einer meiner tausend eigenen Gedanken sagt zu mir: «Denk jetzt einfach was Wichtiges und Passendes...», da wendet Jesus sich mir zu und ich verstehe: *Alles*, was ich denke, ist ihm wichtig und ich kann ihm vertrauen, total und vorbehaltlos.

Wir lassen die Wiese mit den Wildblumen hinter uns. Ich möchte Jesus noch erzählen, dass ich den Rasen mit den kurzen supergrünen Halmen schon von früher kenne, will ihn fragen, warum die Grashalme so kurz sind und warum «meine» zwei Engel mit etwas Abstand folgen. Dann besinne ich mich wieder: Er will mir etwas zeigen!

«Ich freu mich drauf, Jesus!»

«Auf was denn?»

Er hat Humor! Tatsächlich: Humor. Das wird mir keiner glauben: Jesus hat einen reinen, heiligen, lustigen Witz und Humor, wenn der Moment es erlaubt; aber er kann auch sehr ernsthaft und entschieden sein. Er strahlt Heiligkeit aus, Autorität und Licht und gleichzeitig Freude, Friedfertigkeit und natürlich Liebe und das alles unfassbar intensiv, weil er eben Gott ist. Er besteht aus – Gott!

F   Thema: Jesus

Der Körper von Jesus im Himmel ist viel kräftiger, als man es generell erwartet. So viele dürre Jesusse hat man an den Kreuzen gesehen, den Körper geschunden und schmal. Die weltbesten Bilder wie die von Michelangelo, Botticelli oder Da Vinci malen den irdischen Jesus zwar faszinierend, doch oft unnahbar und in zerbrechlicher Körperhaltung, die Mundwinkel eher nach unten gezogen, die Augen schmachtend aufgeschlagen. Ja, er wurde tatsächlich geschlagen und brutal ans Kreuz genagelt – damit wir Leben haben können.

Viele NTE-ler, die Jesus im Jenseits begegnet sind, beschreiben ihn als kraftvoll, groß, muskulös, oft mit halblangem dunklem Haar und etwas Bart; und er hat eine krasse Ausstrahlung. Dabei ist er kein «Beauty-Typ», er hat ein nahöstliches Charakter-Gesicht.

Nach seiner Auferstehung nahm Jesus, wenn er sich seinen Jüngern zeigte, unterschiedliche Erscheinungsformen an; so konnte es sein, dass sie, obgleich sie Jahre mit ihm verbracht hatten, ihn nicht sofort erkannten. Dafür gibt es in der Bibel krasse Beispiele, etwa die Wanderung mit den Jüngern aus Emmaus (Lukas 24,13–35) oder die Frauen am Grab: Maria Magdalena hält Jesus für den Gärtner!

In Jesus «verwandelt» Gott sich so, dass ein Mensch die Begegnung mit ihm aushalten kann und nicht tot umfällt. Man könnte sagen, er «dimmt» sich herunter. Jesus ist Gott, aber er erscheint in einer Form, die der Mensch erträgt.

Jesus kann seinem Gegenüber auch Seiten von sich zeigen wie Trauer und Mitgefühl; nie aber zeigt er Verurteilung. In seiner Gegenwart verurteilt der Mensch sich manchmal selbst; das Licht, das Jesus ausstrahlt, bringt Wahrheit – und in diesem Moment realisierst du, was du in deinem Leben nicht richtig gemacht hast.

Wer begriffen hat, dass er Sündenvergebung braucht, der versteht auch, was es bedeutet, von Gott angenommen zu sein. Dieses Annehmen ist eine große Stärke von Jesus; er nimmt sein Gegenüber, den Menschen, so an, dass dieser sich bei ihm zu Hause fühlt.

Im Himmel ist alles wie in einem offenen Buch, es gibt keine Lüge und kein Verwirrspiel, keiner wird ausgeschlossen.

Zwischen dir und deinem Schöpfer gibt es eine intensive und persönliche direkte Kommunikation, denn er nimmt dich als Individuum ernst und will eine Beziehung zu dir.

Viele Leute denken, Jesus wäre einfach ein superguter Mensch gewesen. Die Bibel weist immer wieder darauf hin: Er ist zu 100 % Gott, Mensch geworden.

An Jesus lernen wir, Gott zu erkennen, zu begreifen und zu erfassen.

Wir lesen dazu in einem Brief des Apostels Paulus:

Christus [= Jesus] ist das Ebenbild des unsichtbaren Gottes. Als sein Sohn steht er über der ganzen Schöpfung und war selbst schon längst vor ihr da.

Durch ihn ist alles erschaffen, was im Himmel und auf der Erde ist: Sichtbares und Unsichtbares, Königreiche und Mächte, Herrscher und Gewalten.

Ja, alles ist durch ihn geschaffen und vollendet sich schließlich in ihm. Denn Christus war vor allem anderen; und alles hat nur durch ihn Bestand.

Kolosser 1,15–17

G   Thema: Jesus' Augen

Es ist interessant, welch große Bedeutung viele NTE-ler den Augen von Jesus beimessen.

Bestimmt erinnerst du dich an einen bösen Blick eines zornigen Mitmenschen – nicht so sehr an die Augenfarbe oder die Bewegung der Augen, sondern an den Eindruck, den ein Blickkontakt auf uns machen kann. Der geht oft tiefer als nur die visuelle Dimension.

Man blickt sich an «von Seele zu Seele».

Zurück zu den Augen von Jesus: Viele interessiert die Farbe der Iris, obwohl dies ja absolute Nebensache wäre. Warum nennen dann NTE-ler manchmal präzise die Farbe? Das muss eher etwas zu tun haben mit der intensiven Verbindung bei ihrem Blickkontakt mit Jesus.

Die Beschreibungen der Augenfarbe variieren. Meine Interpretation dazu: Je mehr sich Jesus zeigt in seiner himmlisch-verklärten heiligen Intensität, desto mehr empfindet man seine Augen als «das klarste Blau ever» oder «das reinste Licht» oder «Strahlen gingen aus von seinen Augen».

Wer Jesus noch mehr sehen durfte in dessen Majestät, Herrlichkeit und Göttlichkeit, der beschreibt seine Augen nicht mehr mit einer Farbe, sondern dass sie klar blicken und dass von diesem Blick Lichtstrahlen ausgehen, «Blitze» und ganze Lichtwellen voller Liebe und Autorität.

Wer Jesus hier auf der Erde direkt gesehen hat, zum Beispiel im Spitalzimmer oder im Gefängnis, berichtet eher von Augen in einem schönen warmen Braun, von Augen, wie man sie im Nahen Osten sehen kann, in Israel, in Jordanien, im Libanon.

Jesus kann seine Herrlichkeit, Autorität und Heiligkeit so dimmen, dass wir eine Begegnung mit ihm überleben können. Wer noch viel Unheiliges in seinem Leben hat, Groll und Wut zum Beispiel, der würde Jesus in seiner vollen Heiligkeit nicht überstehen; darum nimmt Jesus sich zurück aus Liebe zu uns. Er kann sich so zeigen, dass seine Menschheits-Dimension mehr im Vordergrund steht, damit du seine Präsenz ertragen kannst – die Bibel schildert mehrere Begegnungen, bei denen die Jünger Jesus sahen, als er nicht mehr seinen Erden-Körper hatte, also in der Zeit nach seiner Auferstehung.

Und nun wieder zurück zu den Augen Jesu:

Jemand beschreibt ein Himmelserlebnis so, dass seine Augen ein wenig die Farbe wechseln. Einige berichten, dass Jesus klare grünblaue Augen hat – wie ein klarer Bergsee.

Viele NTE-ler sagen, die Augen seien so krass beeindruckend gewesen, dass sie sich nicht an eine Farbe erinnern könnten. Denk mal zurück an deine Teenagerjahre – damals konnte schon allein ein Blick deiner Angebeteten dich begeistern! Einige von uns hätten danach die Augenfarbe des Gegenübers bis ins kleinste Detail ausmalen, beschreiben können; eine andere, ebenso verliebte Person hätte nichts zu sagen gewusst außer vielleicht: «Ihr Blick hat mich ganz einfach umgehauen!»

Nun haben wir es beim Blick und Anblick von Jesus aber mit einer weitaus höheren Dimension zu tun – es sind die Augen des Schöpfers des Universums! Praktisch jeder, der Jesus so direkt ansehen konnte, würde sagen, dass das ihn verändert hat.

«Es gab für mich nichts anderes mehr, als ihn anzusehen. Mich interessierte sonst nichts mehr. Ihm in die Augen zu blicken, das löste in mir totale Begeisterung aus: Angenommensein, Glück, Freude, ein Vibrieren ging durch meinen ganzen Körper. Total geflasht! Den Rest meiner Ewigkeit hätte ich gerne damit verbracht, Ihn einfach anzuschauen.»

Nimm die innigste Verliebtheit, die zwei Menschen zueinander haben können, diese tiefe Verbindung und Verschmelzung, und dann sage dir: Das ist ein fader Abklatsch von dem, was man erleben kann in der Zweisamkeit mit Jesus – wenn der aus Liebe kreierte Mensch seinem Schöpfer begegnet.

10 Ich besuche Gebäude
   und Menschen

Wenn Jesus mit mir spricht, habe ich nur noch Aufmerksamkeit für ihn. Er strömt eine gewaltige Liebe aus, wie ich es während der intensivsten und intimsten Liebesmomente auf der Erde bei Weitem nicht erlebt habe.

Von ihm gehen ganze Ströme von lebendiger Liebe aus, direkt zu mir. Auch unsere Umgebung empfängt dieses Licht – Tiere, Blumen, Gebäude, Engel, ja, sogar das himmlische Wasser nehmen von dieser Lichtquelle auf und können es weitergeben.

«Dieser Ort, Sienna, den wir jetzt zusammen besuchen, der liegt mir sehr am Herzen», sagt Jesus.

Gesagt, getan: Vor uns liegt ein sehr großes Gebäude. Es ist gewaltig, mehrere Stockwerke hoch, doch trotz seiner mächtigen Dimensionen fügt es sich recht harmonisch in die Landschaft ein. Innen- und Außenbereiche gehen rhythmisch ineinander über. Die Fassade ist in sanft-fröhlichen Farben gehalten.

Das Ganze erinnert mich an eine Schule – und doch ganz anders. Musik und Stimmen von kleinen Kindern dringen zu mir. Mir fällt buchstäblich der Unterkiefer herunter: Babys, Kleinkinder, überall Kinder!

Warum habe ich immer gedacht, im Himmel wären alle erwachsen?

Jesus erklärt mir: «Zeit und Phasen von Wachstum und Altern geschehen im Himmel in einer ganz anderen zeitlichen Einheit. Eine Tageslänge hier ist nicht gleich lang, wie du es auf der Erde gewohnt bist.»

Nun steht Jesus nicht mehr neben mir, er ist bereits umringt von einem Dutzend Kindern und Babys. Er umarmt sie, hüpft mit ihnen, sie haben Spaß und er erklärt ihnen dies und das. Auch untereinander haben die Kinder eine intensive Kommunikation und spielen miteinander mit interessanten Gegenständen. Es wird gelacht und gekichert.

Dieser Bereich erinnert mich sehr an die Erde, mehr als andere Orte, die ich hier schon gesehen habe; er mutet an wie eine sehr gut geführte Kinderkrippe oder eine Großfamilie. Ich habe schon bemerkt, dass im Himmel Familie wichtig ist; deshalb frage ich meinen Schutzengel nach den Eltern dieser Kinder.

«Einige haben keine eigenen Eltern hier, denn die kommen nicht ins Paradies; andere warten noch auf ihre Eltern, bis diese hier ankommen.»

Sein Gesichtsausdruck wird ernster:

«Vielen dieser Kinder hat man auf der Erde keine Chance geben wollen. Ihre Eltern haben sie abgetrieben.»

Mein Engel erklärt mir weiter:

«Jeder Mensch hat dadurch, dass er Leben bekommen hat, auch etwas von Gottes ewigem Atem in sich. Das ist ein Vorrecht, eine Gabe, ein Geschenk. Dieses Geschenk dürfen wir nicht einfach wegwerfen. Du bist kostbar. Jedes gezeugte Baby ist schon im Mutterleib kostbar, es ist einmalig und es hat Ewigkeitswert.»

Eines der Kleinen lacht mich direkt an, es nimmt aktiv Verbindung zu mir auf. Ich erschrecke beinahe, doch auch in mir gluckst Freude auf, sie kommt aus den Tiefen meiner Gefühlswelt.

An der wunderschönen Kopfform des Kindes, es hat eine beinahe asiatische Silhouette, erkenne ich sie nun: Das verstorbene Kind meiner besten Freunde – Sandra! Sie hatte schon mit vierzehn Monaten aufgehört zu atmen, hat die Erde verlassen; und nun läuft sie lachend auf mich zu! Ich umarme sie, setze mich und hebe sie auf meinen Schoß. Jesus erklärt mir, dass sie auf ihre Eltern wartet und dass sie hier eine gute Zeit hat.

«Erzähl' Mama und Papa von mir und sag ihnen, dass es *uns* gut geht», sagt Sandra zu mir, während sie mit ihren noch kleinen Händchen meine Wangen drückt und gleichzeitig meinen Kopf nahe in ihr Blickfeld zieht. Warum sie «uns» sagt und nicht «mir», kann ich mir nicht erklären. Sie drückt noch ein wenig fester, einfach, weil es ihr Spaß macht. Es helles Giggeln gluckst aus ihr heraus:

«Schön, dass du uns besuchen kommst, dir wird es sicher gefallen hier. Kannst du für immer bleiben?»

Ich bin etwas sprachlos. Je mehr ich mich auf diese Umgebung hier einlasse, desto mehr ergibt alles Sinn und ich erkenne Zusammenhänge von Tod und Leben.

«Ich würde gerne hierbleiben; aber ich denke, dass ich schon bald wieder weg bin von hier.»

«Das macht Sinn. Sag bitte meiner Familie, falls du wieder zurückmusst, dass es uns gut geht hier im Paradies, nicht vergessen!», erinnert die kleine Sandra mich nochmals mit Nachdruck.

«Okay, das werde ich.»

Sandra hat «uns» gesagt; zurück auf der Erde, will ich ihre Botschaft ausrichten und erzähle ihren Eltern von meinem Erlebnis. Dabei erfahre ich, dass die Familie außer Sandra noch ein Kind verloren hat, das war in der Mitte der Schwangerschaft. Ich erkläre ihnen dann, dass sie dem noch namenlosen Baby selber einen Namen geben werden, was beide Eltern tief berührt und ein wenig tröstet.

Jesus fasst Sandra an beiden Händen und schwingt sie hin und her.

Dann lässt er sie los und Sandra fliegt locker in weitem Bogen durch die «Luft» (eine andere Materie als unsere Luft) – und landet dann auf ihren Füßchen. Ihr Körpergefühl ist reifer, als es bei einem gleichaltrigen Erden-Kleinkind wäre – diesen Unterschied kann man klar wahrnehmen.

Kinder gibt es überall im ganzen Paradies; aber hier an diesem Ort, den Jesus mir eigens zeigen wollte, hier gibt es richtig viele Kinder. Es herrscht kein Chaos, aber auch kein Stress oder Drill; alles scheint in einer lockeren Ordnung zu funktionieren, sich zu entfalten, zu wachsen. Und sie scheinen hier großen Spaß zu haben.

Es hat viele Engel an diesem Kinderplatz, sie erscheinen mir etwas «weicher», beinahe kindlicher als mein Schutzengel, sogar etwas fröhlicher – und verspielter!

Jesus hat sich von mir verabschiedet, nun bin ich wieder «nur» mit meinen beiden Engeln unterwegs.

Inzwischen begreife ich, dass Jesus in seiner göttlichen Omnipräsenz an mehreren Orten gleichzeitig sein kann, was Menschen und Engel nicht können. Dennoch ist Jesus auch im Himmel, im Paradies nicht immer in Gestalt anwesend – im Geiste aber schon.

«Nun zeigen wir dir eine unserer Bibliotheken», sagt der größere Engel.

«Biblio…» Habe ich richtig gehört? Im ersten Moment finde ich das etwas witzig. Merkwürdig, dass es im Himmel Bibliotheken geben soll; das ist doch Erdensache – und vielleicht auch etwas «gäähn».

Ja, es gibt sie hier: Bibliotheken!

So wie die auf der Erde? Eher andersherum: Der Himmel ist die Idealumgebung für den Menschen. Und einiges (nicht alles), was es im Himmel gibt, existiert als gedimmte Version auch auf der Erde.

Die Bibliothek, die man mir zeigt, ist ehrwürdig. Im Stil erinnert sie mich ein wenig an die St. Galler Stiftsbibliothek – nur multipliziert um ein paar Dimensionen, die wir noch nicht kennen.

Ein Buchrücken am anderen, schier unendlich. Wow!

Fragend schaue ich den Balkonengel an, der ist ja ranghöher als mein direkter Schutzengel, und er wirkt etwas intellektueller. Meine Gedanken hören beide Engel, sobald ich sie denke, und sie werfen einander vielsagende Blicke zu.

«Hier sind Bücher, die kann jeder zur Unterhaltung lesen und anschauen, Bücher zum Lernen oder zum Erforschen.»

«Und dann gibt es noch für jeden Menschen ein eigenes Buch über ihn selber; diese Bücher sind in anderen Hallen», ergänzt mein Schutzengel. Er legt mir die Hand auf die Schulter und zeigt mir damit, dass meine Gedanken vorher für ihn okay waren.

«Hmm. Für jeden Menschen ein eigenes Buch?»

«Zur rechten Zeit wird Jesus mit dir zusammen dein Buch anschauen.»

Hmm ... Seit ich hier oben bin, habe ich mit Jesus schon gelacht, er hat mich getröstet, ermutigt, vor allem aber hat er mir seine unbändige tiefe Liebe zu mir gezeigt. Er hat mich in vieles hier eingeweiht. Aber jetzt das Buch? Mir wird ein bisschen mulmig.

«Vertraue ihm», sagt der Schutzengel und in seiner Stimme liegt etwas wie intensive Wichtigkeit.

Das Buch: Mein Leben ... Okay, ich vertraue.

Die Zeit scheint aber noch nicht reif, mein Lebensbuch anzuschauen, das ist mir gerade recht.

Später erklärt mir der Engel dann noch, dass es auch eine Schriftrolle sein kann, eine Schrift auf einem Screen oder ein Text im Raum stehend – wie es halt passt.

Wir gehen weiter auf einer leicht mäandernden Parkstraße mit Naturboden. Mit jedem neuen Erlebnis scheine ich fähiger zu werden, mehrere Eindrücke gleichzeitig aufzunehmen. Immer weniger werde ich durch meine «Erden-Sensorik» gestört, meine «Himmelssensoren» scheinen nun besser zu funktionieren in diesen himmlischen Sphären.

Nächste Station: Cluster-Wohnräume. Yes! Ich liebe großartige Architektur! Crazy: so ausgefeilt – so magisch – so kreativ – so allerschönst.

Wir sind hierher geschwebt in dieser himmlischen, halb-laufend-halb-schwebenden Gangart. Es fühlt sich top-gechillt an, dieses Halbschweben.

Vor uns liegt ein sacht abfallendes Tal und danach eine Ebene. Schon im breiten Tal beginnend und bis in die Ebene sich ausdehnend sehe ich vor uns diverse Bauten – es sind weder eindeutig Einfamilienhäuser noch eindeutig Mehrfamilienhäuser, man könnte sie «Clusterbauten» nennen.

Alles schmiegt sich bestens in die natürlich gewachsene Landschaft ein, die Bauten haben angenehme Formen und eine geschmeidige Linienführung, die

Fassaden sind geprägt von Eleganz und Gediegenheit. Manche sind miteinander verbunden, alle sich freundlich zugewandt. Zäune sehe ich keine; manchmal sorgen Pflanzen für eine stimmige Abgrenzung, die aber nie zur Ausgrenzung wird.

Obwohl die Häusergruppen alle dieselbe Handschrift tragen, sind sie nicht eintönig – dafür sorgen die Details, die einem gewissen Muster zu folgen scheinen; ich kann es aber nicht definieren, zu feingliedrig, zu kunstvoll. Ich sehe Menschen, sie scheinen einander zu besuchen und diskutieren, spielen oder kreieren gemeinsam etwas aus Materialien, die ich noch nicht kenne.

Vor einem dieser Häuser zieht es mich stark ins Innere; aber einer der Engel schüttelt fast unmerklich den Kopf:

«Noch nicht.»

Er hat «noch» gesagt. Sollen das etwa meine Wohnräume werden?

«Das hier ist erst am Entstehen, es wächst noch, vor allem innen.»

Ich überlege mir, wie ich ihn überreden könnte, mir trotzdem das Innere genau dieses Hauses zu zeigen – denn es spricht mich total an, ja, es zieht mich unerklärlich, beinahe magisch zu sich hinein. Wäre ich auf der Erde eine exzellente Architektin und würde ich eventuell noch etwas mehr auf Gemeinschaft achten, dann würde ich wohl in diesem Stil bauen. Naja … also Geld dürfte keine Rolle spielen und ich müsste Zugang haben zu Baumaterialien, die an Schönheit nicht zu toppen sind.

Aber ich will ja was von meinem Engel.

«Ich sollte das Innere sehen», meine ich.

«Sollst du noch nicht.»

Alles klar. Meine Besserwisserei ist sogar im Himmel noch nicht ganz verschwunden; aber hier fällt es mir leichter, sie zu überwinden – weil es hier keine Bosheit gibt, keine Halbheiten, keinen Egoismus, keine Versuchung. Und weil mir klar ist, dass das Wissen meines Engels sozusagen einige Jahrtausende Vorsprung hat zu meiner momentanen Erkenntnis. Gepaart mit der mir erwiesenen Freundlichkeit, macht mich das im Augenblick zufrieden. Ich akzeptiere.

Und hoffe, dass ich genau diese Behausung einmal von innen sehen werde. Wird es tatsächlich die meinige sein?

11   Familie, Freunde und Ethnien

Am Gesichtsausdruck meiner beiden Begleiter erkenne ich, dass sie mir gleich noch etwas anderes zeigen wollen.

Wir gehen weiter, weg von meinem Lieblings-Clusterhaus hin zu einer Gruppe von Menschen, sie unterhalten sich angeregt und haben auch einige Tiere bei sich. Eine etwa Dreißigjährige wendet sich um, blickt zu mir und lächelt verschmitzt. Sie trägt langes dickes, fast schwarzes Haar und hat ausdrucksstarke Wangenknochen und große dunkle glänzende Augen.

«Na äääntlech!», sagt sie spaßig zu mir im Berner Dialekt: «Na, endlich!» Es ist meine Großmutter, die Mutter meines Vaters. Ich weiß, dass sie oft für uns Enkelkinder gebetet hatte; mindestens vier ihrer Enkel haben sich tatsächlich sehr für Glaubensfragen interessiert.

Nun steht sie vor mir in jugendlichem Charme und Schönheit, obwohl sie doch steinalt aussehen sollte, inzwischen. Meine *Großmutter*!

Wir umarmen uns. Sie verströmt viel Liebe mir gegenüber; dabei starb sie, als ich noch klein war. Ich habe an sie keine eigene Erinnerung, kenne sie nur von dem, was meine Eltern mir über sie erzählt haben, und natürlich von Fotos. Auf einem blinzeln wir beide in die Kamera, meine Großmutter wirkt etwas müde auf dem Bild.

Wir gehen ein paar Schritte zur Seite und reden miteinander. Die anderen Menschen scheinen mich gar nicht zu sehen – ich bin eben noch nicht ganz hier angekommen, nur eine «flüchtige» Besucherin.

Meine jung wirkende Oma drückt mir sacht einen Blumenkranz auf den Kopf, meine Mutter hat das auch gern getan. Diese Blumen welken nicht wie die Margeriten auf der Erde; die weißgelben knackigen Blumen im Kranz singen vor sich hin und schmiegen sich meinem Kopf an – und sie erhellen meinen Verstand.

Ich nehme mir den Kranz ab und betrachte ihn genauer. Die Blumen haben jedes eine Art Gesichtchen und sie sind alle miteinander verbunden. Berühre ich ein Blütenblatt, dann klebt an meinen Fingern für einen Moment weißgelber lichtausstrahlender Blütenstaub und versprüht einen zarten Duft.

Meine Oma erklärt mir vieles, was unsere Familie angeht: Nicht alle sind hier; und die, die hier sind, die kann ich noch nicht sehen. Für mich ist das okay – je mehr ich die paradiesischen «Realitäten» oder «Konzepte» begreife (oder wie man es auch nennen mag), desto mehr gehe ich mit dem Flow und genieße, wie es ist. Lässt der anfängliche Himmel-Kulturschock etwas nach?

Die Engel kennen diese seelischen und gedanklichen Prozesse gut und so können sie ausgezeichnet damit umgehen, deshalb ist es mir sehr wohl dabei. Sehr wohl! Mein Hirn schlägt Purzelbäume in dem Versuch, einen Weg zu finden, wie ich es anstellen könnte, dass ich hierbleiben darf.

Schon ist meine junge Oma weg. Den Blumenkranz behalte ich noch kurz, drehe ihn sanft zwischen meinen Fingern – dann verflüchtigen sich die Blumenköpfe wieder zur Wiese hin und verwachsen mit dieser zu einer lebendigen Einheit.

Wir gehen weiter und die Landschaft verändert sich.

Von der grünen Ebene mit den vielen Clusterbauten sind wir nun in einem Urwald gelandet, mit seiner tropischen Vegetation wirkt er wie ein Märchenwald. Unterwegs rede ich mit den Engeln noch über den Sinn von Clusterbauten.

Schon bald öffnet sich der Urwald auf eine Lichtung hin und ich habe freien Blick auf neue wundersame Bauwerke. Diese Bauten sind noch mehr mit der Natur verwoben, die Fassaden scheinen aus Holz konstruiert zu sein. Hohe Fensterfronten erheben sich bis weit zu den mächtigen Baumspitzen empor.

An den Wipfeln sind filigrane Hängebrücken angebracht, die sind verbunden mit den hohen Häusern, welche selber wie eine Riesenmütze nach oben hin leicht spiralförmig zu einer Spitze zulaufen. Die filigranen Hängebrücken haben keine Geländer, sie schweben offen im Raum. Auf den Baumwipfel-Hängebrücken flanieren mehr Menschen als auf den Wegen am Boden. Auch viele Kinder sind dabei, sie machen sich einen Spaß daraus, die Brücken zum Schwingen zu bringen.

Ich habe den Eindruck, dass die Bevölkerung hier mehrheitlich asiatischen Ursprungs ist, doch erkenne ich auch gemischte Ethnien. Europäer sind in der Minderzahl in dieser Gegend des Paradieses.

Meine beiden Engel führen mich weiter und wir kommen auf einen Platz, der einem Dorfplatz gleicht. Hier treffen wir wieder auf recht viele Menschen; die meisten scheinen etwas miteinander zu tun zu haben. Es wirkt wie ein geschäftiges geordnetes Durcheinander. Mein Begleitengel erklärt mir:

«Im Himmel spielt das Geschlecht eines Menschen keine große Rolle mehr, ihr pflanzt euch hier nicht mehr fort; aber ihr könnt eure Persönlichkeit und Begabungen weiterentwickeln. Und innige Beziehungen pflegen. Du wirst hier weiterhin eine Frau sein.»

«Ja, das schätze ich schon, ich möchte Frau bleiben», antworte ich nachdenklich.

Diese Gruppe besteht aus vorwiegend Frauen, vielleicht jeder Dritte ist ein Mann, und die meisten wirken wie knapp dreißig. Es wird viel gelacht, sie sitzen in kleinen Kreisen und betätigen sich kreativ – sieht so aus, wie wenn hier Festgewänder entworfen werden. Die Stoffe variieren in Material, Struktur, Farbenspektrum; und sobald eine Künstlergruppe sich einig geworden ist, wie das Gewand gestylt werden soll, ist dieses im Nu entstanden.

Eine Frau und ein Mann, jeder trägt eines dieser Festkleider, beginnen nun zu tanzen – erst langsam, dann schneller und konzentrierter. Der Tanz ist dem Schöpfer gewidmet. In der ganzen Gruppe macht sich ausgelassene Freude breit, und nun beginnen mehr und mehr Leute zu tanzen zu einem Sound, der in Rhythmus und Klang freudig wirkt. Mein Blick kreuzt den des Paares und ich weiß intuitiv: Wir werden Freunde sein!

Dieser spezielle Rhythmus durchströmt meinen Körper, ich beginne mitzutanzen. Dabei kann ich locker die Bodenebene verlassen; mit einem Sprung erreiche ich ohne Anstrengung weitere Höhen und so kann ich ganz neue, nie gekannte Bewegungen ausführen. Faszinierend!

«Komm, wir schauen uns noch Weiteres an!»

Tanzt mein Engel etwa nicht gerne?

«Sicher, ich tanze sehr gerne, aber du sollst hier noch mehr zu sehen bekommen.»

«Lass mich die äußeren Enden dieses Ortes sehen!», möchte ich zuerst sagen, denn ich will sehen, ob das Paradies eine Kugel ist wie ein Planet oder eine Ebene. Doch innerlich zieht es mich stärker und stärker zum Zentrum dieser Welt hier – in diese große Stadt –, dorthin, von wo das Licht Gottes auszuströmen scheint.

Später erklärt mir der größere Engel, dass das Paradies verschiedene Ebenen und Regionen hat mit je eigenen Erlebniswelten und Dörfern, Naturlandschaften und Städten.

«Gleich hast du eine Begegnung mit anderen Engeln, einen kurzen Einblick in ein anderes Zeitmaß. Du bekommst Engel zu sehen mit einer ganz speziellen Funktion, anders als wir beide. Uns kennst du inzwischen ein wenig; aber damit du diese Engel-Formation zu sehen bekommst, nehmen wir dich auf eine weitere Ebene mit.»

Da bin ich ja mal gespannt!

H   Thema: Soziale Strukturen im Himmel

W enn ich mit anderen über das Thema «Himmel» rede, dann finden viele den Gedanken schrecklich, dass man die Ewigkeit vielleicht in der Nähe der eigenen Familie erleben sollte, zum Beispiel in der Nachbarschaft von Tante Emilia und Onkel Mark. Oder: «Mit jedem – nur nicht mit meinem Bruder!»

Viele stellen sich den Himmel eher so vor, dass sie allein und unabhängig endlos chillen in einer schummrigen Umgebung, zwischen Wolken und Feder-Bäuschchen schwebend. Oder man löst sich dann im Nichts auf. Ein anderer Traum ist, mit ein paar wenigen Best-Friends alles zu genießen.

Oder wie die Ewigkeitssehnsüchte einiger Selbstmord-Terroristen, denen skrupellose Lehrer den Himmel versprochen haben als einen Ort endloser Sexabenteuer …

Im Himmel gibt es keine Geschlechtlichkeit im Sinne von Sexualität mehr und keine Fortpflanzung; wohl aber bleibst du Mann oder Frau – denn «Mann und

Frau» ist Gottes Konzept und es birgt viele spannende Dimensionen, die wir hier noch gar nicht erahnen können. Das bedeutet nicht, dass wir auf eine Rolle fixiert oder limitiert sein werden, sondern wir wachsen in unser so geschaffenes Wesen hinein und können uns immer weiter entfalten und weiterentwickeln.

Falls du ein Teil vom Himmel sein möchtest oder darfst, plant Gott deine Zukunft so, dass du kreativ enge und vielfältige Beziehungen pflegen und aufbauen kannst.

Jeder wird dazu innere Heilung benötigen. Am wichtigsten: Heilung der Seele durch die Versöhnung mit Gott.

Aber dann auch mit sich selbst, mit Angehörigen, mit Freunden – und mit deinen Feinden.

Gott ist ein Gott, der uns tatsächlich Emotionen entgegenbringt. Er ist bereit, uns zu heilen von diesen Schmerzen, die nahestehende (oder auch fremde) Menschen uns auf diesem Planeten Erde zugefügt haben.

Mit seinem genialen Erfindergeist hat Gott uns einmalig erschaffen, jeden Einzelnen von uns. Das zeigt auch die Wissenschaft der Genetik: Jeder Mensch ist eine einmalige Mischung aus seinen Eltern und ferneren Vorfahren. Beides stimmt, es schließt sich gegenseitig nicht aus. Wie sehr bin ich ein Zufallsprodukt und wie sehr ein in Materie umgesetzter Gedanke Gottes?

Anhand von dem, was dich im Himmel erwartet, kannst du Rückschlüsse ziehen auf das Hier und Jetzt. Denn so, wie es im Himmel läuft, hat Gott es für uns

Menschen schon immer gedacht – nur haben wir uns oft für etwas anderes entschieden.

Es ist Gottes Wille, dass jedes Kind einen Vater und eine Mutter hat, die es lieben und zu denen es enge Bande knüpft und aufbaut – und dass wir das so weitergeben an die nächste Generation, inklusive guter Beziehungen zu Verwandten wie Großeltern, Cousins und Cousinen, Tanten und Onkeln. Auch ist es von Gott so gedacht, dass wir tiefe, treue Freundschaften pflegen und einen vielseitigen Freundeskreis haben.

In diesem Grundkonzept haben auch Verschiedenheiten Platz: Die eine Persönlichkeit findet Freude und Erfüllung, wenn sie allein oder zu zweit etwas austüftelt, die andere blüht erst so richtig auf in Gesellschaft vieler Menschen. Gewisse kulturelle Prägungen sind ganz in Gottes Sinn, andere nicht. Wenn eine Bevölkerung schon seit Jahrhunderten enge Beziehungen in Großfamilien lebt, dann ist das durchaus Teil von Gottes großem Plan.

In der Welt sind jedoch viele gesunde, gottgewollte soziale Strukturen zerbrochen und werden immer mehr «zentrifugiert». Infolgedessen sind die Menschen tief verletzt, vaterlos, mutterlos, beziehungsmüde und vereinsamt, weil wir hier auf der Erde keine himmlischen Sozialstrukturen leben und oft auch nicht leben wollen. Materiellen Werten und dem Individualismus hingegen geben wir einen so hohen Stellenwert, dass das gesunde vielfältige Beziehungsnetz, für das wir eigentlich gedacht sind, verkümmert.

Gottes Gegenentwurf: Wir können schon hier während unserer Lebenszeit diese himmlischen Sozialstrukturen einüben.

Die Welt ist ungerecht, Gott nicht

Ich sage manchmal: Die Welt ist ungerecht, aber Gott ist gerecht.

Ist das ein Widerspruch? Nein, aber es ist komplex. Es hängt damit zusammen, dass Gott alles sieht, was einem Menschen Schreckliches begegnen kann; aber er bietet diesem Menschen seine Erlösung an, Befreiung und seine Liebe. Wenn hier auf der Erde kein Gerechtigkeits-Ausgleich möglich ist, dann wird Gott selber sich darum kümmern, wenn der Mensch ihm begegnet in der Ewigkeit.

Aber ist das nicht ungerecht, dass Verstrickungen mit okkulten Geistwesen von einer Generation zur nächsten weitergereicht werden?

Keiner muss in dieser Verstrickung bleiben. Gott hat dem Menschen einen freien Willen gegeben; in seiner Liebe geht er diesen geplagten Personen nach in der Hoffnung, dass sie sich ihm zuwenden.

Verschiedene Ebenen im Himmel

Die Bibel redet von «Himmel» im Plural, also in der Mehrzahl: «die Himmel». Paulus zum Beispiel erzählt ein Erlebnis im Himmel:

Ich kenne einen Menschen, der mit Christus eng verbunden ist. [Paulus spricht hier und in den folgenden Versen von sich selbst.] Vor vierzehn Jahren wurde er in den dritten Himmel entrückt. Gott allein weiß, ob dieser Mensch leibhaftig oder mit seinem Geist dort war. Und wenn ich auch nicht verstehe, ob er sich dabei in seinem Körper befand oder außerhalb davon – das weiß allein Gott –, er wurde ins Paradies versetzt und hat dort Worte gehört, die für Menschen unaussprechlich sind.

2. Korinther 12,2–4

Paulus war es offensichtlich klar, dass es verschiedene Ebenen von Himmeln gibt.

Eine eher verbreitete Annahme unter Theologen ist, dass es ungefähr drei bis sieben Himmelsebenen gibt und dass wohl nur in der untersten Ebene auch Dämonen und Satan Zugang haben. Bleibenden Zugang zu den höheren Himmeln haben nur die Engel und die Wesen um Gottes Thron, Jesus, Gott-Vater, der Heilige Geist und erlöste Menschen.

I Thema: Hallen, Gebäude und Bücher

Das Paradies ist ein riesiges Naturspektakel und ein Ort für mannigfaltige soziale Interaktionen. Sowohl in der goldenen Stadt als auch im Paradies rings um die Stadt herum gibt es nebst weitläufigen Landschaften auch diverse Gebäude.

Diese Häuser sind einerseits individuell angepasst an das, was die jeweiligen Bewohner als angenehm empfinden; andererseits gibt es auch (meist große) Bauten, die allen zugänglich sind und für alle passen. Viele dieser Hauptgebäude haben mehrere unterschiedliche offene Eingänge und Ausgänge. Der Baustil ist kreativ und so schön, dass es dir «den Atem verschlagen» wird, wenn du sie zum ersten Mal siehst und betrittst.

Jesus hat gesagt, nach seinem Erdendasein gehe er in den Himmel zum Haus seines Vaters (also zu Gott) und dort würde er Wohnraum für uns gestalten – das kann man in der Bibel nachlesen:

Im Haus meines Vaters gibt es viele Wohnungen. Sonst hätte ich euch nicht gesagt: Ich gehe hin, um dort alles für euch vorzubereiten.

Und wenn alles bereit ist, werde ich zurückkommen, um euch zu mir zu holen. Dann werdet auch ihr dort sein, wo ich bin.

Johannes 14,2–3

Warum will er erst dann uns holen? Ist dieser Wohnraum denn nicht schon längst gebaut?

Ich vermute, dass die Wohnung oder das Haus für uns persönlich dem angepasst wird, wie wir uns als Persönlichkeit in Gott entwickeln während unseres Erdenlebens. In unserer himmlischen Behausung spiegelt sich auch die Nähe wider, die wir in unserem Leben zu Gott gehabt haben, und das, was wir hier für ihn tun.

Er weiß, was du brauchst, um dich wohlzufühlen und «wie daheim». Ich bin zum Beispiel nicht gern allein, darum würde ich auch nicht eine Riesenvilla in der Abgeschiedenheit brauchen, sondern eher einen dieser coolen Clusterbauten, die Sienna gesehen hat. Auch unsere ethnische und kulturelle Herkunft spielt eine Rolle bei der Frage, wo und wie wir uns wohlfühlen. – Im Paradies wird die gewohnte Kultur veredelt durch den Geist Gottes, der alles durchdringt.

Warum gibt es im Himmel Bücher? Das hat mich auch verwundert.

Was diese verschiedenen Bücher bedeuten, das habe ich in der Tiefe noch nicht begriffen; aber sehr viele

NTE-ler berichten von Erlebnissen mit Büchern; und auch Leute, die dort waren, ohne gestorben zu sein, sondern in einer Vision oder auf einer Reise in die Ewigkeit, auch solche Leute sagen, sie seien in Sälen voller Bücher gewesen. Aber viele berichten auch, sie hätten Pferde gesehen – also no panic, du brauchst im Himmel kein Bücherwurm zu werden. Wenn du Bücher nicht magst, wird es im Himmel genügend anderes geben, was dich fasziniert und womit du dich kreativ beschäftigen kannst.

Im Himmel kann man Erkenntnisse via Bücher oder Laptops «downloaden» als Wissen für einen selber. Das Schöne: Dieses Wissen ist echt und wahr und nicht verfälscht durch die Irrtümer unserer Gesellschaft.

Gott selber braucht für sich keine Bücher; die Bücher sollen dem Menschen ermöglichen, sich Wahrheit in ihrer Fülle anzueignen.

Die Bibel erwähnt verschiedene Bücher, die im Himmel zum Einsatz kommen: das Buch des Lebens, das kleine Buch, das Buch mit den sieben Siegeln.

Gehen wir etwas näher ein auf das Buch des Lebens: Es hat mit Jesus zu tun und damit, dass er für uns gestorben ist, damit wir Leben haben sollen. Wegen Jesus steht unser Name im Buch des Lebens, wenn wir ihn und seinen Weg angenommen haben.

Jesus sagte zu seinen Jüngern:

Freut euch, dass eure Namen im Himmel geschrieben sind!

Warum ist das denn nicht alles digitalisiert? Das mag es wohl sein; aber die Form «Buch» passt zu Menschen fast aller Epochen der Menschheit.

Wenn ein Computer dich mehr anspricht, kannst du dort vermutlich auch einen himmlischen Computer benutzen oder du wirst dein Wissen mit digitalen Hilfsmitteln erweitern. Es gibt Berichte von NTE-lern, die beschreiben, dass Geschriebenes einfach so im Raum stand, ohne Papier, ohne Leinwand, ohne Laptop – wie ein Hologramm, ergänzt durch lebendige Bilder und bewegte Szenen.

Gott weiß, was dir guttut, was dich begeistert und in welcher Form du gerne etwas dazulernst.

J Thema: Tätigkeiten und Chillen im Paradies

Im Himmel gibt es keinen Stress, keine Hetze – aber auch keine unausgefüllte Langeweile. Das Dasein im Himmel ist intensiv, weil alles lebt und es Isolation und Einsamkeit dort nicht gibt.

Was tun wir eigentlich die ganze Ewigkeit lang?

Definitiv viel, viel mehr, als du dir vorstellen kannst. Nimm das Beste, Coolste, Spannendste, was du schon immer tun wolltest (falls es Gottes Wesen nicht widerspricht) – und dann rechne es «hoch x» und du bist nah dran.

Im Himmel gibt es Möglichkeiten zu lernen: Es gibt Kreativ-Labors, es gibt Hallen voller Bücher, es gibt Fun, es gibt Natur, um sich auszutoben, viel Spiel und Spaß. Wir werden einander motivieren und inspirieren. Wem es wohler ist bei intellektuellen Tätigkeiten, der kann dort zulegen; wer lieber dauernd plaudert, wird das oft können; wer gerne in großen Gruppen ist, wird es sein; wer viel Platz für sich braucht, wird ihn haben!

Und ob du das hier schon tust oder nicht: Wer im Himmel ist, wird gerne und viel Gott anbeten. Sehr gerne und sehr viel. – Langweilig? Ist es nicht! Denn im Himmel kannst du dann erfassen, dass der Mensch auftankt und wächst, wenn er Gott anbetet, und ihm immer ähnlicher wird. Die Liebe, die du von ihm erfährst, wirst du erwidern wollen – auch mit Anbetung.

Da die Erde eine Art vereinfachte Paradies-Nachbildung im Miniformat ist, gibt es dort Dinge, die denen ähneln, die wir hier auf der Erde haben, nur in vollendeter Form. Dort aber werden sie mehr Sinn ergeben, mit Liebe erfüllt sein, und alle können sie genießen.

Das gilt auch für Tätigkeiten und Möglichkeiten. Einige NTE-ler berichten von vielem, was sie im Himmel gesehen und erlebt haben, das wir auch hier auf der Erde tun. Anfangs wunderte ich mich darüber, ich dachte: «Hää? Komisch...», denn manches schien mir zu irdisch, zum Beispiel das Tanzen.

Dann begriff ich: Vieles, was wir hier kreieren, hat Gott in uns so angelegt, der Mensch hat es dann auf der Erde wieder-erschaffen.

Der Himmel ist auf seine Weise perfekt nachhaltig. Nicht der Mensch hat Nachhaltigkeit erfunden, es ist ein zutiefst echter Wesenszug von Gott – so hat er es auch gemeint für uns Menschen.

Start-ups

Im Himmel ist nicht alles schon vorgefertigt. Wer gerne Technisches kreiert oder etwas ganz Neues ausprobieren möchte, der kann das tun. Die meisten Menschen

tüfteln gerne in Gruppen, sie inspirieren sich gegenseitig.

Gott selber kann aus «Nichts» etwas schaffen; diese
Fähigkeit im Miniformat (gemessen an Gottes Fähigkeiten meine ich «mini-mini-mini») – diese Fähigkeit
also hat er auch uns eingepflanzt. Das bedeutet, dass
wir fähig sein werden, Neues zu kreieren, wie ein Start-
up eben.

Im Himmel gibt es nicht nur Wölkchen, auf denen
Menschen dahinschweben in süßem Nichtstun. Wer
nichts tun will, der hat die Freiheit dazu; man hat aber
auch die Möglichkeit, neue Techniken zu entwickeln
und diese anzuwenden.

Kreativpools und andere beschenken

Es gibt unzählige Hallen, Häuser und Open-Air-Orte,
an denen man seine Kreativität verwirklichen kann –
mit Malen zum Beispiel oder indem man mit himmlischen Materialien Neues schafft.

Es macht Spaß, für andere etwas herzustellen. Das
tut man nicht in erster Linie für sich selbst, sondern
man hat Freude daran, etwas für andere zu tun, etwas
zu verschenken.

Menschen, die neu ankommen im Himmel, werden
oft beschenkt mit Dingen, die etwas mit ihnen ganz
persönlich zu tun haben; damit zeigt man dem Neuankömmling, dass er einmalig ist und dass man schöne,
wertvolle Details seines Wesens und seiner Vergangenheit wichtig nimmt: Wann hast du dich als Kind besonders geborgen gefühlt? Sagen wir mal: Wenn deine

Mutter eine Decke vorgewärmt hat für dich und dir echte Schokolade in einer heißen Milch zerschmelzen ließ …

Vielleicht wirst du im Himmel mit einer solchen Überraschung empfangen? Ich weiß ja nicht, wie das sein kann – aber ich nehme jetzt mal an, dass Himmels-Schokolade noch besser schmeckt als Schweizer Schokolade.

Willkommenskultur

Dieses Beispiel zeigt: Es wird ein großer Aufwand unternommen, um es Neuankömmlingen gutgehen zu lassen. Neuankömmlinge – das sind Menschen, die soeben verstorben sind und nun hier im Himmel ankommen. Für die wird vieles vorbereitet, damit sie sich wie zu Hause fühlen können.

Einige kommen aus einem langen und traumatischen Todeskampf, andere sind ganz ohne Vorwarnung gestorben – so kann es eine Weile dauern, bis sie realisieren, was es hier alles gibt und wie das Paradies «tickt».

Auch im Himmel bist du immer noch du selbst, dort bist du nicht einfach ein unbeschriebenes Blatt. Engel, die dich von der Erde her schon gut kennen, und dir nahestehende Menschen, die bereits im Himmel sind, werden dich willkommen heissen auf eine kreative und liebevolle Art.

Tanzwiese

An vielen Orten im Paradies wird getanzt – abwechslungsreiche, harmonische, vielseitige Tänze. Manchmal tanzen einige Engel mit Menschengruppen zusammen. Ein Tanz kann durchaus auch widerspiegeln, aus welcher Ethnie oder Zeitepoche ein Mensch kommt.

Ich denke, dass im Himmel Tanz einen hohen Stellenwert hat.

Lernen und Lehren

Wer möchte, kann Neues lernen. Die meisten wollen das, denn im Himmel macht Lernen Spaß und das, was man lernt, ist interessant und spannend.

Erfahrene Menschen können andere unterrichten, auch Engel dienen als Lehrer; man kann aber auch vieles direkt aus Büchern lernen oder intuitiv dazulernen; man lebt ja auf einem ganz anderen Level der Gedankenwelt.

Chillen

Die Parks sind so angelegt, dass gegenseitiger Austausch möglich ist: in aller Ruhe, aber auch angeregt. Die Parkbänke haben eine ergonomisch-einladende Form und passen sich einem an.

Die Menschen im Himmel treffen sich gerne und oft; das Gegenüber interessiert sie, man nimmt teil an dem, was den anderen gerade beschäftigt.

Und gewiss werden die Parks und die Bänke auch für kontemplative Ruhephasen genutzt.

K   Thema: Zeiten und Zeitfenster

Auf der Erde verstehen wir die Zeit linear: Für uns gibt es ein Jetzt, zuvor eine lineare Vergangenheit und danach kommt die Zukunft, die nähere und die ferne. Alles hier auf der Erde ist auf diese Zeitdimension ausgerichtet, auch unser Gehirn nimmt Ereignisse so wahr und ordnet sie so ein.

In der Ewigkeit funktioniert Zeit anders. Ich empfinde, dass das Denken des Menschen auf der Erde nicht fähig ist, diese erweiterte Dimension in ihrer Komplexität zu erfassen.

Einerseits ist nicht alles bis ins Detail vorbestimmt, mit unseren Entscheidungen können wir unsere Zukunft gestalten. Andererseits ist Gott außerhalb dieser Zeitlinie.

Wie erleben nun die Geschöpfe im Himmel die Zeit? Ich würde sagen, im Himmel hat man ein anderes Zeitempfinden, kann zeitweise auch aus dieser linearen Zeitabwicklung heraustreten, befindet sich jedoch ebenso in einer Zeitablauf-Linie (oder soll ich sagen: auf einer Zeit-Ebene?) – nur anders als hier auf der Erde.

Mit einem Nahtoderlebnis tritt der Mensch in diese neue Zeitdimension ein – zumindest für eine Weile, nach dem Tod für immer. Menschen, die im Spital offiziell für tot erklärt wurden, dann aber wieder zurückkamen, erklären oft, sie hätten keine Ahnung, wie lange sie «weg» gewesen seien; doch haben sie so viel erlebt, dass sie garantiert länger tot gewesen sein mussten, um das zu erleben, als die im Spital gemessene Zeitspanne ihres Herzstillstands oder Hirntodes.

Zwei Arten, die Zeit zu erleben

Im Himmel gibt es mindestens zwei Arten von Zeiterleben – das eine ist, was du dort real in dem entsprechenden Zeitraum erlebst; und dann kann Gott dich mitnehmen in die Vergangenheit oder die Zukunft und lässt dich dort hineinblicken, so bekommst du etwas gezeigt, was entweder schon passiert ist oder was noch stattfinden wird. Wie eine Vision, aber so intensiv, dass du es richtiggehend durchlebst und mit allen Sinnen empfindest.

Die Zeitspannen im Himmel können auch schneller oder langsamer erlebt werden.

Ist das so Erlebte nun schon existent oder noch nicht? Wenn man davon ausgeht, dass Gott in unserer Zeitdimension sein kann, aber genauso gut auch außerhalb von ihr, dann wird es wohl auch so sein, dass manches schon existent ist, das für mich persönlich noch nicht existiert.

Nehmen wir an, dass wir als freie Geschöpfe auf einer Zeitachse unser Schicksal mitgestalten können, dann ist es auch folgerichtig, dass noch nicht alles fertig ist und fest existiert, sondern in unendlich vielen Optionen möglich wird, wenngleich in einem begrenzten Rahmen.

Zu den Themen «Zeit» und «Raum» haben schon außerordentlich intelligente Menschen philosophiert und gelehrt. Das Thema ist eine spannende Nuss, die zum Knacken einlädt, und eine bedeutsame dazu.

In Anbetracht dessen, was Gelehrte und Wissenschaftler erkannt haben, ist es doch erstaunlich, dass so wenige von ihnen zugeben wollen oder wollten, dass Gott selbst der Schöpfer von Zeit und Raum ist. Aber deshalb fällt Gott nicht vom Thron; er steht über Raum und Zeit.

Das Zusammenspiel von freiem Willen und Gottes Vorbestimmung

Wichtig ist zu bedenken: Mit seinen Fähigkeiten, die der Schöpfer kreiert und ihm zugeteilt hat, hat der Mensch die Möglichkeit, Entscheidungen zu treffen. Diese Wahl kann beschränkt sein – so sehen oder ergreifen viele ihr Leben lang keine Möglichkeit, ihre Umgebung zu verlassen –; trotzdem hat der Mensch Wahlmöglichkeiten, seien es äußere (Action, Schritte,

Handlungen) oder innere (Gedanken, Entscheidungen, Motivationen).

Diesen freien Willen des Menschen respektierend, will Gott uns immer und immer wieder begegnen und uns innerlich berühren. Dein Leben ist nicht bis ins Detail vorbestimmt; vorherbestimmt sind nur gewisse Stationen, in die du kommst.

Was weiß nun Gott von meiner Zukunft? Alles. Aber nicht, weil er es im Voraus so festgelegt hätte, sondern weil er sich in verschiedenen Zeitdimensionen befinden kann.

Eine der spannendsten Erklärungen dazu findet sich in dem Buch von Blake K. Healy, «Durch den Schleier sehen». Wie der Engel aussieht, das habe ich in Kapitel B, «Thema: Engel», zitiert; dieser gewaltige Engel beschreibt dem Autor das Zusammenspiel der freien Entscheidungen des Menschen und des aktiven Lenkens oder Eingreifens Gottes so:

Der Engel zog eine Schriftrolle von irgendwo hinter seinem Rücken hervor [...] Er rollte die Schriftrolle auseinander und öffnete eine nachtblaue Seite mit hunderten und tausenden sich kreuzenden Linien, Punkten und Kreisen. In meiner Erinnerung erschien es chaotisch, aber in diesem Moment war klar, dass sich jede Linie exakt an dem Platz befand, wo sie sein sollte.

«Was ist das?», fragte ich.

«Es ist Gottes Plan, soweit er mit dir zu tun hat.»

Dann bemerkte ich, dass alle diese Linien und Punkte sich langsam bewegten, kreisten und wuchsen. Punkte erschienen und verschwanden wieder, je nachdem wie Verbindungen zwischen Menschen entstanden und wieder auseinander gingen. Linien verflochten und kreuzten sich, entsprechend dem, wie jede mögliche Entscheidung, die jede Person auf der Schriftrolle treffen konnte, sich auf jede mögliche Antwort auf jede mögliche Entscheidung auswirkte.

Ich riss meine Augen auf, so weit es ging. Je mehr ich hinstarrte, desto mehr verstand ich. Die endlose Komplexität, welche sich vor mir entfaltete, brachte mich an die Grenzen meines Verstandes. […]

[…]

In seine [des Engels] Augen zu sehen, forderte mich heraus und beschämte mich, weshalb ich meine nächste Bemerkung an seine Füße richtete: «Die Pläne auf dieser Schriftrolle sehen kompliziert aus.»

Das brachte ihn zum Lachen. Er nahm die Rolle an beiden Enden und drehte sie in die Horizontale, als wäre sie ein Tisch zwischen uns. Die Linien und Markierungen auf der Seite sanken nun in verschiedene Lagen unter die Oberfläche des Papiers, wodurch jeder Punkt und jede Verbindung sich in drei Dimensionen drehte und pulsierte.

[…] Das sah alles aus wie ein verwickeltes Durcheinander von sich durchkreuzenden Linien und Punkten. Mir war nur eines klar: Dass Gottes Plan tiefer, dichter, anpassungsfähiger und perfekter war, als ich nachvollziehen konnte.

Ich sprach mit dem Engel gefühlt eine lange Zeit, aber in Wahrheit hätten es genauso gut zehn Minuten wie vier Stunden sein können.

12   Die Engelsformation

Nachdem ich zusammen mit meinen beiden Begleitengeln prächtige Naturwelten betrachtet habe, Herden von glücklichen Tieren begegnet bin und Bauten begehen konnte, die die herkömmlichen Dimensionen sprengen, scheint es eine Stufe weiterzugehen.

Die beiden Engel verlassen mit mir die wundersame Waldlandschaft und wir gehen in Richtung der goldenen Stadt. Schon von Weitem kann ich sie leuchten sehen.

Bis zu dieser großen Stadt ist es sicher noch mindestens eine «Auto-Tagereise» und doch nehme ich ihr faszinierendes und gewaltiges warmes Licht schon von hier aus wahr. Wie anziehend!

Auf dem Weg zum Zentrum wollen meine beiden Begleitengel einen Zwischenstopp einlegen und mir etwas Spezielles zeigen.

Sie treten beide vor mich hin und auch ich bleibe stehen. Nun schauen sie mir ernst und tief in die Augen

– und mir scheint, dass die Engel mehr Power in sich aufnehmen, mehr Heiligkeit, aber auch mehr Autorität.

«Jetzt zeigen wir dir etwas Besonderes, es soll so sein.» Der Balkonengel, also der größere und kräftigere der beiden, erklärt:

«Du siehst nun in ein anderes Zeitfenster hinein.»

Mir wird ein wenig schwindlig, als fehlte mir die Kraft und Energie – oder ist es etwa die Angst, dass ich das, was ich zu sehen bekomme, nicht gut verarbeiten kann? Sie können meine Gedanken hören und versichern mir:

«Wir zeigen dir nur, was du auch ertragen kannst. Jesus liebt dich sehr. Du bekommst Einblick in ein zukünftiges Ereignis.»

Nun schreiten wir durch einen Wolkennebel. Nicht easy für mich, sich zu orientieren! Gerade noch schien ich genau zu wissen, was oben ist und was unten, was zentral ist und was nördlich, westlich und all das; aber jetzt ist alles unklar.

Der Schutzengel legt seine Hand auf meine linke Schulter, da ich mein Schritttempo etwas reduziert habe.

«Es ist okay», sagt er.

Die Nebelwand lüftet sich und – wow! Wow!!

Gemeinsam schauen wir hinüber zu einer recht nahen Anhöhe; und was sehen wir?

Eine Formation von Engelwesen auf Pferden! Sie bilden ein riesiges Heer, wie Kämpfer wirken sie und schauen in die Ferne.

Ich bin sprachlos.

Es handelt sich um Hunderte dieser Wesen.

Diese Engel sind gewaltig und wuchtig. Ihre Haarpracht scheint wie in einem unsichtbaren Wind nach hinten zu wehen, ich selber spüre keinen Hauch.

Die Pferde, auf denen diese besonderen Engelswesen sitzen, sind riesig und muskulös. Ihre Mähne und der prächtige Schweif scheinen im Wind zu wehen und zu glänzen. Sie sehen anders aus als Erdenpferde; aber es sind eindeutig Pferde, mit wunderschön geformtem Kopf und Körper, mit kräftigen Beinen.

Die Engel, die auf den Pferden sitzen – manche stehen auch daneben –, halten Schwerter in ihren Händen. Diese Schwerter haben etwas Feuriges, so sehr glühen sie. Ihre Bekleidung wirkt nicht so locker wie die Kleider meiner Begleiter, eher historisch-militärisch und trotzdem auch modern – recht edel und doch einfach gehalten, so im Tunika-Style. Und ebenso lichtdurchflutet wie die Gewänder anderer Engel, die ich gesehen habe.

«Die sind ja beeindruckend», flüstere ich meinem Schutzengel zu.

Der andere, der Balkonengel, antwortet mir:

«Ja, sie stehen bereit!»

«Bereit – wozu?»

«Sie werden kämpfen für euch auf der Erde. Der Kampf wird zwar intensiv sein, aber es ist bereits entschieden, dass sie den Sieg bringen werden.»

«Wann wird das sein?»

«Das wissen wir nicht; wir vertrauen, dass sie zum richtigen Zeitpunkt loslegen. Es gibt noch mehr von ihnen; aber es reicht, was du hier sehen kannst – wir sollen dir nur diese zeigen.»

Bisher habe ich nur friedliche, beschützende Engel kennengelernt und auch nichts anderes gedacht. Nun erahne ich, dass diese speziellen Engel auch Kampf-Aufgaben haben können: Sie beteiligen sich am Widerstand gegen das Böse auf der Erde.

Dazu hat Gott sie geschaffen.

Es scheint, dass sie alle auf etwas Großes warten, beinahe ungeduldig, aber konzentriert und entschlossen.

Die Nebelwolke beginnt uns wieder einzuhüllen, so kann ich vom Heer dieser besonderen Engelsschar nicht mehr alles erkennen.

«Das war eine ernste Sache. Ich möchte mehr dazu verstehen.»

«Noch nicht, Sienna. Es ist schon viel, was du jetzt gerade sehen konntest. Wir ziehen weiter», meint der Schutzengel beruhigend. Ja, vom Anblick dieses Engelheeres bin ich noch recht erschüttert.

Der Balkonengel schaut derweil immer noch in Richtung dieser speziellen Engelsformation. Er scheint sie auch dann noch zu sehen, als sie aus meinem Gesichtsfeld verschwunden sind.

Und nun lockert sich die Wolkenschwade, die uns erneut umgeben hat, um uns dann in eine grüne Rasenwiese zu entlassen und selber zu verschwinden im Nichts. Nur ein tausendfacher feiner Tau, der sich auf die filigranen Grashälmchen legt, erinnert an die Wolke, aus der wir gerade kommen.

Hier war ich doch bereits!?

13 Die ewige Stadt von außen

Ich bin noch ganz versunken in die vielen Eindrücke, die ich gerade erleben konnte auf meinem kurzen Streifzug durchs Paradies und meinem Abstecher zu den Reiter-Engeln.

Unter meinen Füßen fühlt sich etwas frisch, bekannt und unbekümmert an: die Rasenwiese. Die Gräser sind hier so supergrün und gleichmäßig eingebettet, wie selbstströmend bewegen sie sich zum Hügel hin.

Während ich mich nun zusammen mit den beiden Begleitengeln den Rasenhügel hochbewege, scheint das Licht sich wieder zu verstärken. Ich frage mich, was uns dort denn wohl alles erwarten wird, aber in diesem Moment geht's vom Rasen weg – in die Luft. Wir fliegen wieder: ohne Flügel! Wie ich das liebe!

Dann sehe ich sie vor mir: die Stadt!

Die goldene Stadt, das himmlische Jerusalem. Gewaltig! Ich bin sprachlos – hin und weg. Sie ist *so* schön!

Ein riesiges Gebilde in Dimensionen, die alle Vorstellungskraft sprengen, und fast alles glänzt in goldenem Schimmer. Licht drängt, strömt und glitzert aus der Stadt hinaus, dringt in die Umgebung hinein.

Hie und da sind regenbogenfarbige Lichtkaskaden zu sehen, eine Mischung von Fontänen und Feuerwerk – aber irgendwie gelassener, als ich das von der Erde kenne. Statt der üblichen Knallerei werden diese Lichtsträhnen begleitet von majestätischer Musik, sie strömen zur Stadt hinaus in alle Richtungen.

Zur Musik erklingen auch Menschen- und Engelsstimmen, sie singen zu Gott und über ihn.

Ich bin geblendet – und schaffe es trotzdem nicht, meine Augen von der Stadt abzuwenden. Alles in mir zieht mich zu ihr hin wie zu einer längst entschwundenen, beinahe vergessenen und mir doch urvertrauten Liebe.

Schon die architektonische Anmut und Einzigartigkeit lässt mich völlig «aus dem Häuschen» geraten; aber dann staune ich noch mehr: So viele Menschen gehen in die Stadt hinein und aus ihr heraus, sie laufen, schweben, schlendern und gehen – die Kinder hüpfen und springen. Die wenigsten gehen allein, ich sehe viele in Gruppen. Diese Menschen haben alle eine besondere Ausstrahlung, ein anziehendes Leuchten; die meisten scheinen eher in einem jungen Alter zu sein. Mit ihnen bewegen sich ebenso viele Engel und Engelsgruppen unterschiedlicher Größe.

Immer noch schwebe ich mit meinen Engeln im Luftraum vor der Stadt, vielleicht 400 Meter über dem Boden; so kann ich einen recht guten Blick erhaschen von dem Randbezirk, obschon wir uns deutlich außerhalb der Stadt befinden.

«Lass uns nun die Außenseiten betrachten, Sienna!», meint der größere Engel. Er scheint nicht nur auf mein Wohlergehen zu achten, sondern ist offensichtlich darauf bedacht, dass ich viele Informationen aufnehmen kann. Sehr zielstrebig führt er seinen Auftrag aus, doch ohne mich zu überfordern.

Er mutet mir viel zu, aber nicht zu viel.

«Lass uns nun das Ganze etwas näher betrachten», sagt er mit vielsagender Stimme. «Die Bedeutung der verschiedenen Steine in der Stadtmauer erkläre ich dir später.»

Nur zu gern! Das Innere der Stadt ist in diesem Moment etwas zu viel für mich und ich bin ein wenig erleichtert, dass wir wohl etwas Einfacheres betrachten werden. Später kommt eine große Sehnsucht in mir hoch, diese Stadt auch mal begehen zu können, in ihr zu sein.

Der Engel erzählt mir nun, was die Menschen und die Engel in die Stadt hineinzieht: die heilige und intensive, liebende Gegenwart Gottes, seine starke Präsenz im Inneren der Stadt ist sehr attraktiv. Die Wesen möchten viel Zeit dort verbringen und nichts anderes tun, als Gott anzubeten.

Während der Engel mir dies erklärt, durchdringen Ehrfurcht und Bewunderung seine Stimme; ja, seine ganze Haltung ist getränkt von Wichtigkeit und Erkenntnis, was die Bedeutung von Anbetung betrifft. Für viele auf der Erde etwas Unverständliches, ein Geheimnis.

14   Die Tore in der Stadtmauer

Wir verringern unsere Flughöhe. Eine Weile fliegen wir parallel zur oberen Längsseite der Stadtmauer, also etwa auf siebzig Meter Höhe über der großen Rasenfläche, die sich um die Stadtmauer legt.

Dann nähern wir uns einem der Tore von Westen her. Es ist riesig, etwa 55 Meter hoch und um die 45 Meter breit. Das ganze Tor leuchtet wie eine einzige riesige Perle, von Nahem gesehen ist es jedoch schön differenziert. Gegen die Innenseite der Stadt wird die Toröffnung schmaler. Die Mauer selbst ist rund sechzig Meter dick, der Eingang also eine Art Kurz-Tunnel. Das Betreten der Stadt ist ein eindrückliches Prozedere und weckt Vorfreude.

Die Außenseite des Tores ist geschmückt mit superschönen filigranen Verzierungen – ein Designer-Prachtstück! Über dem Tor trägt sie eine Inschrift, die ich nicht entziffern kann. Der ganze Eingangsbereich sowie die Innenseite des Torbogens, der Durchgangstunnel, sind überzogen mit einer phänomenalen perlmuttartigen, leicht pulsierenden Schicht.

Alles sieht zeitlos frisch aus, das Perlmutt glänzt anmutig in eleganten Farben.

Der ganze Torbereich wirkt wie eine riesengroße Perle.

Ich sauge diese ganze kreative Schönheit und alle Muster in mich auf, will sie mir einprägen und nie wieder vergessen. Ach, wie cool wäre es, wenn ich etwas so Majestätisches selber entwerfen könnte …

Diese Verbindung von Kunst und Architektur: einfach gewaltig, zu schön, um wahr zu sein. Aber es *ist* ja wahr.

Außen am Tor steht ein beeindruckender Engel, er ist noch größer als die Kampfengel mit ihren Pferden. Seine Erhabenheit und Autorität erschrecken mich beinahe. Er ist nicht so kommunikativ wie «meine» beiden Engel.

Werde ich eingelassen oder nicht? Der Tor-Engel schaut an mir vorbei und lässt meine Schutzengel wissen, dass mein Aufenthalt im Paradies nur kurz und partiell sein wird – und das Eintreten in die heilige Stadt gehört nicht dazu.

Warum denn das? Habe ich noch zu viel Erdenwesen in mir? Oder weil ich wieder zurückkehren soll?

Das will ich auf keinen Fall! No – nein, nicht ich!

Zu schön hier. Zu sehr zu Hause. Schon allein, dass ich mich so sehr angekommen fühle hier, auch wenn es mich manchmal an die Grenze von Überforderung bringt: Allein das zeigt doch, dass ich hierbleiben sollte. Hier gehöre ich hin – schon immer!

Mein mir nahestehender Engel weiß ja, was ich denke, aber er gibt mir darauf keine Antwort; aus seinem Gesichtsausdruck schließe ich jedoch, dass man zumindest in Erwägung zieht, mich wieder zurückzuschicken – oder vielleicht war das sowieso schon immer so entschieden. Kann man mit Gott diskutieren und verhandeln? Manchmal kann man das; meistens nicht. Er hat ja die totale Übersicht, er weiß am besten, was für mich passt.

Einfühlsam, aber trotzdem entschieden macht der Engel mir klar, dass es hier nicht nur um mich allein geht.

15   Die Mauer der Stadt

Da es scheint, dass ich nicht so schnell und schnurstracks in die heilige Stadt hineinkommen werde, schenke ich meine Aufmerksamkeit der Mauer, die diese riesige Stadt umgibt. Schon die Mauer allein wäre die Reise wert gewesen! Inzwischen befinde ich mich mit etwas Abstand vor dem Bereich des Südost-Tores; von den vier riesigen Mauern kann ich nur zwei sehen – sie scheinen viele Kilometer lang zu sein.

Sofort bemerke ich, dass ich wieder die Fähigkeit habe, meinen Blick zu «zoomen»; ich kann ruhig im Luftraum schweben bleiben, wo ich bin, und gleichzeitig etwas von ganz nah betrachten. Dann sehe ich die kleinsten Details, auch ohne sozusagen meine Nase an die Mauer drücken zu müssen.

Besonders die Farben der Mauersteine fesseln meine Aufmerksamkeit. Sie schimmern in vielfältigen Farben, wie Edelsteine! Die Farben sind schichtweise gebündelt. Sie scheinen durchsichtig zu sein, trotzdem geben sie mir den Blick ins Innere der Stadt nicht frei.

Der eine Engel hat ja versprochen, mir die Bedeutung dieser gigantischen Edelsteine in der Mauer zu erklären. Das tut er denn auch ausführlich, so locker neben mir über der Mauer schwebend. Später erinnere ich mich nur noch, dass mich die Erklärung dazu erstaunt hat; an die Details selber kann ich mich nur noch vage erinnern.

Langsam lasse ich mich auf die Höhe der Mauer-Grundsteine hinabsinken.

Ehrfürchtig berühre ich die riesigen funkelnden Mauersteine und im selben Moment verstärkt sich ein vielstimmiger Klang; den habe ich schon vorher gehört und nur nicht groß darauf geachtet, es gab so vieles zu bestaunen. Ich ziehe die Hand zurück und die Klänge ebben etwas ab. Nochmals berühren und – glingg, glonnngg! – der harmonische Musik-Mix wird wieder intensiver und lauter.

Ich mag Rhythmisches mehr als klassische Musik, aus den Steinen erklingt ein für mich persönlich richtig cooler Sound. Ein reiner Sound, lebendig und, wie gesagt, Rhythm, hip. Wow, das ist unerwartet. Die Synkopen teilen sich in solch spannende Arrangements, dass ich mitwippe.

Ich entdecke Menschen, die zum großen Tor neben mir hineingehen. Ich kenne keinen von ihnen und merke wieder einmal, dass ich mit den meisten Leuten hier nicht kommunizieren kann – bis jetzt jedenfalls. Bin ich für sie unsichtbar? Mag sein; doch all das Neue hier nimmt mich so in Anspruch, dass ich mir nicht wirklich lange darüber Gedanken mache.

Ich genieße all diese Entdeckungen, ab und zu gluckse ich vor Freude. Es sind nicht die schönen Mauersteine, die mich so befeuern, es ist die Intensität von Gottes Gegenwart; trotz der Mauer spüre ich sie hier noch intensiver als im Paradies-Bereich.

Eine Mauer ist generell etwas Trennendes, Abweisendes.

Diese Mauer hier ist anders: Sie ist festlich. Sie steigert die Vorfreude auf die Stadt und auf Gottes Nähe. Ja, sie ist auch Abgrenzung und Schutz; aber aufs Ganze gesehen ist sie stimmig für diese riesige Stadt mit ihrer Wichtigkeit und Erhabenheit.

Wenn schon diese Mauer und ihre Verzierungen so unglaublich kreativ geschaffen wurden, auf so hohem Niveau, wie viel edler muss es dann drinnen sein, in der Stadt!

L Thema: Die himmlische Stadt

Das himmlische Jerusalem – so nennt die Bibel diese Stadt –, hat die Form eines Kubus oder ist zumindest würfelähnlich. Inwendig müssen die Bauten unglaublich vielfältig sein, architektonisch ein absolutes Meisterwerk, ein Masterpiece – das bedeutet wörtlich «des Meisters Werk».

Nimm einige der speziellsten Bauten, die du kennst, zum Beispiel «La Sagrada Familia» in Barcelona, erbaut von Gaudi, oder den Eiffelturm in Paris, die Golden-Gate-Bridge bei San Francisco: Im Vergleich mit den Bauwerken im Himmel ist das «Kindergarten-Niveau».

Das soll nicht heißen, dass Gott dafür nur ein müdes Lächeln übrighätte. So wie Eltern sich echt freuen, wenn ihr Kind ihnen sein erstes Strichmännchen präsentiert, so freut sich Gott, der Vater, über unsere kreativen Leistungen hier auf der Erde.

Doch diese Stadt, die toppt dies alles um ein Vielfaches.

Maße, Formen, Material

Das himmlische Jerusalem hat, wie bereits gesagt, eine Form ähnlich der eines Würfels, es misst etwa 2200 km in der Länge, in der Breite und in der Höhe. Deshalb nehme ich an, dass der Grundriss ein Quadrat bildet, die Bauten innerhalb der Stadt jedoch unterschiedliche Höhen aufweisen. Die höchsten Bauten entsprechen vermutlich einer Längsseite der Grundfläche dieser Stadt.

Wie die Hochbauten aussehen? Schwierig – die Bibel sagt nichts dazu und die Schilderungen von NTE-lern sind nicht einfach nachzuvollziehen. Wir dürfen gespannt sein!

Um diese quadratische Stadt mit rund 2200 km Seitenlänge geht eine Mauer; im Vergleich zur Stadt ist sie recht niedrig: nur etwa siebzig Meter ist sie hoch und vielleicht ebenso dick, vielleicht auch etwas schmaler. Durchbrochen ist diese Mauer von zwölf Toren, auf jeder Seite drei.

Diese Tore sind etwas höher als breit, sie stellen einen Spitzbogen dar und das Material schimmert wie Perlmutt. Soll ein Mensch oder ein Engel eintreten, dann sind sie offen und man kann schon am Eingang etwas wahrnehmen von dem Inneren dieser riesigen Stadt. Ist es jemandem nicht erlaubt, dort einzutreten (oder noch nicht), wird die Sicht ins Innere meistens nicht freigegeben.

Die Torbogen haben wunderschöne Verzierungen und über jedem Tor ist eine Inschrift, also Buchstaben oder Zeichen, in einer speziellen Schrift. An mindestens einem Tor befindet sich im großen Torbogen noch ein kleinerer Eingang, der ist nur etwa dreieinhalb Meter hoch – in den großen Torflügel ist also eine kleinere Tür eingelassen, ebenfalls perlenartig schimmernd.

Von einem der Tore – diesem? – sagen manche NTE-ler, es sei nur eine Toröffnung ohne Torflügel, stehe also völlig offen; andere sagen, es sei verschlossen gewesen und manchmal habe der Eingang sich auf Berührung geöffnet.

Oft aber stimmen die Schilderungen der Größenordnungen, Farben und Formen überein. Die Unterschiede in der Wahrnehmung rühren vielleicht daher, dass nicht jedem gleich viel Einblick gegeben wird; und da alles lebt, kann sich je nach Sinn und Moment einiges anpassen und verändern.

Ich vermute, dass erst in einer späteren Zeitepoche die Tore immer offen und unbewacht sein werden.

Nach Aussagen von NTE-lern ist die Mauer, welche die Stadt in quadratischer Form umgibt, in Schichten aufgebaut. Die einzelnen Steinschichten schimmern in durchscheinenden Farben, sind aber nicht durchsichtig. In der Basisreihe gibt es mindestens zwölf gewaltige Steine, alles riesige verschiedenfarbige Edelsteine, nahtlos eingelassen in die Mauer. Die Edelsteine, die wir hier auf der Erde haben, sind nur ein Abglanz der riesigen Edelsteine, aus denen die Basisreihe der Mauersteine gebaut ist.

Das Licht im Inneren der Stadt leuchtet durch die Steine der Mauer hindurch nach draußen; das Lichtspiel passt sich den Besuchern der Stadt an.

Im letzten Buch der Bibel, «Die Offenbarung des Johannes», lesen wir, was der Jünger und Apostel Johannes persönlich und direkt von Gott gezeigt bekam:

Die Stadt hatte die Form eines Vierecks und war ebenso lang wie breit. Mit seinem Messstab hatte der Engel gemessen, dass die Stadt 12 000 Stadien – das sind etwa 2200 Kilometer – lang, breit und hoch ist. Dann maß er auch die Mauer der Stadt und verwendete dabei ein Maß, das auch wir Menschen gebrauchen. Sie war 144 Ellen hoch – das sind etwa 70 Meter – und bestand ganz und gar aus Jaspis.

Die Stadt war aus reinem Gold gebaut, klar und durchsichtig wie Glas. Die Grundsteine der Stadtmauer schmückten die verschiedensten Edelsteine. Der erste Grundstein war ein Jaspis, der zweite ein Saphir, der dritte ein Chalzedon, der vierte ein Smaragd, der fünfte ein Sardonyx, der sechste ein Karneol, der siebte ein Chrysolith, der achte ein Beryll, der neunte ein Topas, der zehnte ein Chrysopras, der elfte ein Hyazinth und der zwölfte ein Amethyst.

Die zwölf Tore bestanden aus zwölf Perlen, jedes Tor aus einer einzigen Perle.

Offenbarung 21,16–21

Die Ausmaße der himmlischen Stadt und deren Mauer sind also beeindruckend.

Hier lesen wir von einem Kubus, der mit seiner Grundfläche etwa ganz Mitteleuropa abdecken kann – eine gewaltige Größendimension! Und das ist noch ohne die Außenbezirke, das Paradies! Macht aber Sinn, diese Größe: Generationen von Menschen, die Gottes Annahme gefunden haben, wohnen dort oder werden dort wohnen.

Das Innere der Stadt beschreibt Johannes so:

> Und die Hauptstraße war aus reinem Gold, klar und durchsichtig wie Glas. Nirgendwo in der Stadt sah ich einen Tempel. Ihr Tempel ist der Herr selbst, der allmächtige Gott, und mit ihm das Lamm [= Jesus].
>
> Die Stadt braucht als Lichtquelle weder Sonne noch Mond, denn in ihr leuchtet die Herrlichkeit Gottes, und ihr Licht ist das Lamm. In diesem Licht werden die Völker der Erde leben, und die Herrscher der Welt werden kommen und ihre Reichtümer in die Stadt bringen.
>
> Weil es keine Nacht gibt, werden die Tore niemals geschlossen; sie stehen immer offen. Die Völker werden all ihre Schätze und Kostbarkeiten in die Stadt bringen. Doch wer sich durch Götzendienst verunreinigt hat, wer lügt und betrügt, der darf diese Stadt niemals betreten. Nur wer im Lebensbuch des Lammes steht, wird eingelassen.
>
> Offenbarung 21,21–27

Weiter geht es mit dem «Strom des Lebens»:

Nun zeigte mir der Engel den Fluss, in dem das Wasser des Lebens fließt. Er entspringt am Thron Gottes und des Lammes, und sein Wasser ist so klar wie Kristall. An beiden Ufern des Flusses, der neben der Hauptstraße der Stadt fließt, wachsen Bäume des Lebens. Sie tragen zwölfmal im Jahr Früchte, jeden Monat aufs Neue. Die Blätter dieser Bäume dienen den Völkern zur Heilung.

In der Stadt wird nichts und niemand mehr unter Gottes Fluch stehen. Denn der Thron Gottes und des Lammes steht in ihr, und alle Bewohner werden Gott anbeten und ihm dienen. Sie werden Gott von Angesicht zu Angesicht sehen, und seinen Namen werden sie auf ihrer Stirn tragen.

Dort wird es keine Nacht geben, und man braucht weder Lampen noch das Licht der Sonne. Denn Gott, der Herr, wird ihr Licht sein, und sie werden immer und ewig mit ihm herrschen.

Danach sprach der Engel zu mir: «Alles, was ich dir gesagt habe, ist zuverlässig und wahr. Gott, der Herr, dessen Geist durch den Mund der Propheten spricht, hat seinen Engel geschickt; durch ihn sollen alle, die Gott dienen, erfahren, was bald geschehen muss. Jesus sagt: ‹Macht euch bereit! Ich komme bald. Glücklich ist, wer sich nach den prophetischen Worten dieses Buches richtet!›»

Dies alles habe ich, Johannes, gehört und gesehen.

Ich fiel vor dem Engel, der mir alles gezeigt hatte, nieder und wollte ihn anbeten. Aber er wehrte ab und sagte: «Nein, tu es nicht! Ich diene Gott ebenso wie du und deine Brüder und Schwestern, die Propheten, und wie all die anderen, die nach den Worten dieses Buches leben. Gott allein sollst du anbeten!»

Offenbarung 22,1–9

Das Zentrum der Stadt

In der Bibel heißt es also, dass es im Himmel keinen «Tempel» gibt; doch sie spricht vom Thronsaal, der ist das Zentrum der Anbetung. Hier auf der Erde kennen wir dafür Orte wie Tempel, Synagogen oder Kirchen; Johannes kannte zu seinen Lebzeiten den herodianischen Tempel in Jerusalem – und Orte der Zusammenkunft zum Gebet für die damals sich bildenden christlichen Gemeinden, «Ecclesia» genannt.

Johannes schreibt, dass es in dieser goldenen Stadt keinen Tempel gibt. Das könnte bedeuten: Gottes Thronsaal ist nicht mit Wänden abgegrenzt zum Rest der Stadt um ihn herum; kommt man ihm näher, findet eine Verdichtung statt, eine Intensivierung. Der Thronsaal ist das Nonplusultra des Himmels, denn dort verweilt Gott am intensivsten bei den Menschen.

Dann gibt es in dieser Stadt auch andere Orte der Begegnung: Plätze und Häuser und viele Wohnungen, vermutlich überwiegend aus diesem speziellen Himmels-Gold, aber wohl nicht nur; es kann durchaus auch noch andere Baumaterialien geben dort.

Alle Bauten, Straßen, Bäume und auch der Fluss des Lebens sind von außerordentlicher Qualität.

In der Bibel hat jemand geschrieben:

Denn auf dieser Erde gibt es keine Stadt, in der wir für immer zu Hause sein können.

Sehnsüchtig warten wir auf die Stadt, die im Himmel für uns erbaut ist.

Hebräer 13,14

16   Die ewige Stadt von innen

Zurück zu Sienna:

Ich darf die Stadt nicht betreten. Hoffentlich nur «noch nicht». Meine beiden Engel sind bereit, mir einiges dazu zu erklären; später wird Timo etwas ganz Ähnliches beschreiben wie sie.

Ein paar Eindrücke kann ich aber sammeln, während wir über der Stadtmauer schweben – meine Position ist zwar ein wenig außerhalb der Stadt; doch eine Weile fliegen wir ein paar hundert Höhenmeter über der Rasenwiese und so kann ich in die Stadt hineinschauen, zumindest in die etwas tiefer gelegenen Quartiere.

Das Material, aus dem diese Stadt gebaut ist, scheint Gold zu sein – das ist von meiner Position aus klar zu erkennen. Dieses himmlische Gold ist aber nicht wie das Erdengold; es ist reiner und es ist teils durchsichtig, fast gläsern. Im Vergleich dazu hat unser Gold beinahe etwas «Schmutziges», dabei ist es doch eines der schönsten Metalle auf der Erde!

Dieses Edelmetall hier ist aber reinstes, durchscheinendes und leuchtendes Gold. Und es ist nicht aus Glas, obschon es ein wenig so wirkt. Kaum kann ich meine Neugier zügeln, ich würde es gern berühren.

Aus diesem Material sind hier sogar die Straßen – und trotzdem wird es mir nicht zu viel. Im Gegenteil: Ich finde es sehr anziehend, kann mich kaum sattsehen.

Aber jetzt fallen mir die komplexen, teils sehr hohen Bauten auf. Jedes Stockwerk ist anders; trotzdem scheint jedes Bauwerk harmonisch zu den anderen zu passen, sie ergänzen einander – ähnlich, wie ich es im Paradies-Bereich erlebt habe, aber gigantischer, noch majestätischer.

Nun erblicke ich weitläufige, breite Alleen, gesäumt von Bäumen. Einige Alleen laufen parallel zueinander, in großzügigen konzentrischen Kreisabschnitten; andere biegen locker nach rechts oder links ab.

Auch hier ist die Vegetation so gewaltig, wie ich es schon außerhalb der Stadtmauer gesehen habe; doch das hier ist eine Stadt und alles, was wächst und blüht, ist auf städtische Weise angeordnet – aber ebenfalls verwunderlich kreativ: Hängende Gärten voller Blumenblüten und filigranen grünen Blattgebilden strudeln wie Wasserfälle an den abgestuften Hochhausfassaden hinunter.

Auch Palmenalleen sehe ich, sie umgeben die belebten Plätze; Pflanzengruppen unterteilen die Straßen und Plätze, so wirkt trotz der immensen Größe alles sehr gemütlich.

Alles lebt und ist lichtdurchflutet. Die Musik klingt phänomenal, sie scheint von der Stadtmitte her zu kommen. Sie trifft mich ins Herz, in die Tiefen meiner Seele.

Ein ruhiger Fluss durchquert die Stadt, von meinem Standort aus kann ich ihn allerdings nur abschnittweise betrachten. Von Timo erfahre ich später, dass er im Thronsaal entspringt, dort ist die Quelle.

Wo auch immer er durch die Stadt fließt, wachsen an beiden Ufern kräftige Bäume; an diesen bleibt mein Blick haften. Redwood-Mammutbäume sind klein dagegen! Saftige zart-rötlich schimmernde Früchte hängen daran, das Grün der Blätter beruhigt mich und die Äste der Bäume strecken sich in Richtung der Menschen, die auf der Uferpromenade flanieren. Manchmal bleibt jemand stehen, greift sich eine dieser hellroten Früchte und verspeist sie mit sichtlichem Genuss.

Parallel zum Fluss verläuft eine breite Straße, sie ist mit Gold gepflastert und dabei leicht transparent. An einigen Stellen sieht man unter den Pflastersteinen Wasser durchfließen; aber das wirklich Faszinierende ist dieser Fluss. «Strom des Lebens» wird er genannt.

Den Thronsaal kann ich nicht sehen; aber alles in der Stadt läuft auf ihn zu, er bildet das Zentrum.

17 Timos Reise zum Thronsaal

Einige Zeit nach meinem Himmelserlebnis lerne ich Timo kennen. Timo war während einer Operation kurz verstorben, dies ist medizinisch gut dokumentiert, und hat eine krasse Nahtod-Erfahrung durchgemacht. In der Ewigkeit konnte er einige Orte besuchen, auch den Thronsaal!

Da ich selber nicht in der Stadt drinnen war, lasse ich Timo diesen Ort noch etwas genauer beschreiben. Er konnte das Zentrum der Stadt besuchen, zusammen mit seiner Schwester Lina; sie war schon als Kind verstorben und im Himmel hat er sie dann getroffen.

Über den Fluss und die Halle der Gegenwart Gottes sagt er:

«Das Wasser in diesem lebendigen Fluss hat mich krass angezogen. Als ich mich ihm näherte, sagte das Wasser ohne Worte zu mir, dass ich eintreten kann.

Zuerst habe ich sachte meine Hand durchs Wasser streichen lassen. Ein irregutes Gefühl! Dieses Wasser ist ja voll Leben und es intensiviert mein eigenes Gefühl von ‹Ich lebe!› noch mehr, als ich es sowieso schon verspüre.

Meine (schon länger verstorbene) Schwester Lina motiviert mich, weiter hineinzuwaten, was wir dann auch zusammen tun – bis wir untertauchen! Was für ein Spaß! Wir können unter Wasser weiter ‹atmen›, kichern, reden. Wir schauen einander an und schlagen dann Purzelbäume, alles unter Wasser; danach tauchen wir gleichzeitig wieder auf und springen hinaus. Lina ist so aufgekratzt, dass sie so richtig schnell spricht: ‹Timo, schau, das Wasser läuft in unsere Richtung, es freut sich auch, dass wir uns begegnen können. Du bist mit mir da, kaum zu fassen!›

Das Wasser selbst scheint uns noch kurz zu begleiten; es kommt uns beim Abschied etwas nach, als wollte es uns weiterhin Gutes tun. Wellness at its best – mehr Luxus geht nicht mehr!

Als wir beide uns aus dem Flusswasser begeben haben, sind wir schon ganz trocken, augenblicklich. Meine Schwester erstaunt das nicht, sie kennt das schon. Sie überlegt noch, ob sie mir diesen Vorgang erklären soll; und als unsere Blicke sich treffen, verstehe ich teilweise den Sinn von diesem Fluss des Lebens: Er kommt aus Gott heraus, er spendet Leben und Heilung. Und, wie ich gerade selber gemerkt habe, auch Spaß!

Der zentralste Ort in dieser Stadt ist der Thronsaal.

Das Gebäude des Thrones Gottes ist gewaltig, größer als jedes Erdengebäude. Mächtige Säulen zieren die Eingänge, von den Seiten her ist es offen.

Ich habe diese Halle, diesen immens großen offenen Saal, den Thronsaal, nicht langsam betreten – ich war plötzlich da. Zuerst nahm ich nur die äußeren Teile wahr, danach sah ich bis zur Mitte; dort schien etwas wie in eine Wolke gehüllt: die Präsenz Gottes!

Dieses Erlebnis hat in mir einen bleibenden Eindruck hinterlassen. Ich will versuchen, es zu beschreiben, auch wenn das beinahe unmöglich ist:

Ich bin hier mit meiner jüngeren, vor mir verstorbenen Schwester und den drei Begleit-Engeln, die mir schon so einiges gezeigt haben. Eine unsichtbare Kraft zieht mich zu diesem Zentrum des Himmels hin – und so stehen wir beide, meine Schwester und ich, am Eingangsbereich zum Thronsaal.

Innerlich beginne ich zu vibrieren, immer stärker, und spüre, dass alle um mich herum in einer besonderen Erwartungshaltung sind. Eine ‹ruhige Aufregung› macht sich breit.

Die Heiligkeit verdichtet sich.

Es hat hier unglaublich viele Menschen, tausende und abertausende – Menschen aller Nationen, aller Hautfarben. Und viele Engel! Es ist wie eine große Party, aber total heilig, eine freudigste Freude ergreift uns alle. Die meisten hier sehen aus wie knapp dreißig; auch Leute, die in hohem Alter verstorben sind, sehen in der Ewigkeit wieder aus wie ein Youngster.

Ich bin einerseits begeistert, andererseits überfordert. Erst zittern nur meine Beine, dann zittere ich am ganzen Körper. Jetzt kommt ein Engel auf mich zu; er blickt mich an und sagt zu mir: ‹Keine Angst, du wirst es überleben.› Er berührt mich an meinen Schultern und Lippen und nimmt mir augenblicklich mein inneres Empfinden von Unreinheit und Nicht-genügen-Können weg. Ich spüre deutlich, dass ich gerade befähigt werde, diese Präsenz Gottes hier auszuhalten, ohne tot umzufallen.

Mein geistiger Blick erweitert sich und wird immer fähiger, am Geschehen hier zu partizipieren. Um mich herum pulsiert volles Leben.

Ich liebe die Musik, die vielschichtigen Klänge, Instrumentalstimmen und Gesangsstimmen, die den ganzen Raum erfüllen mit Harmonien und Klängen, die es auf der Erde gar nicht gibt – so vielschichtig sind die Musikwellen im Himmel!

Der Raum ist durchdrungen von Tosen und Rauschen, das aber ist harmonisch und erhaben.

Wellen von Freude, von nie gehörter Musik gehen vom Thron aus und verbreiten sich durch die Menschenmengen hindurch, lösen Begeisterung aus.

Jeder hier will Gott intensiv anbeten. Jeder einzelne Mensch hat ein Leuchten, eine Ausstrahlung vollster Zufriedenheit. Die große Menschenmenge singt und betet zu Gott. Auch die vielen Engel stehen da; sie sind ausgerichtet aufs Zentrum, zu Gott hin, und gehen über in eine Haltung der Anbetung.

Im Zentrum sehe ich nun den Thron Gottes.

Gewaltig!

Riesig!

Heilig!

In diesem Bereich nehme ich nur Licht wahr, gleißendes Licht und diese Wolke. Meine Schwester erklärt mir, dass man Gott auch als Persönlichkeit sehen und erkennen kann – ich sehe dort «nur» gewaltig schönes Licht. All das Licht strömt aus von Gott, dem Schöpfer; er ist die Quelle. Wenn du hier neu bist, ist die Helligkeit so gewaltig, dass du nicht alles sofort erkennen kannst; sonst würde es dich umhauen.

Hier ist der Ort von Gottes Macht. Hier zeigt er seine Liebe, seine Fülle und seine unendliche Weisheit. Die, die ihn anbeten, werden intensiv ‹aufgetankt› mit der Gegenwart Gottes. Sie reifen in Weisheit, Liebe und dem Erkennen von Zusammenhängen. Ihre Fähigkeiten und ihr Charakter werden durchtränkt mit dem Wesen von Gott und Jesus. Du bleibst du – aber wie veredelt!

Vom Thron her höre ich eine gewaltige Stimme. Wenn Gott etwas spricht, dann wird das zur Realität, zu etwas Geschaffenem.

Und dann entdecke ich in diesem Bereich des Saales noch etwas sehr Spezielles: Um den Thron herum befinden sich riesige engelsähnliche Wesen, sie sind ständig in Bewegung.

Sie sind nicht Gott und nicht Mensch, sondern von Gott geschaffene majestätische Wesen. Ihre Flügel sind imposant, voller Augen, was auf mich eher merkwürdig wirkt.

Diese Wesen bewegen sich aufeinander abgestimmt in alle Richtungen. Ich bin sprachlos, Ehrfurcht ergreift mich. Wenn sie ihre Flügel ausbreiten, dann hört man ein imposantes Rauschen. Sie bewegen sich um den Thron Gottes und rufen: ‹Heilig, heilig, heilig!› Manchmal drehen sie Runden über dem Thron und manchmal bewegen sie sich auf der Ebene des Thrones.

In der Nähe dieser Augenflügel-Wesen sehe ich im Moment keine Menschen, aber überall sonst ist es voller Leute. Einige liegen in Anbetung flach auf dem Boden, andere stehen da und sehen sehr glücklich aus in der intensiven Kommunikation mit Gott, ihrem Schöpfer.

Aus dem Thronbereich kommt lebendiges Wasser hervor, es ergießt sich über den Thron und fließt dann unter dem Thron hinaus durch den Saal und weiter durch die goldene Stadt, um schließlich unter einer Öffnung in der Stadtmauer hindurch in das ganze Paradies hinauszugleiten.

Jemand erzählt mir, dass der Fluss sich in vier Teile teilt; ich selbst habe aber nur einen Strom gesehen. Alles hier ist so unglaublich riesig und mir wird bewusst, dass ich nur einen ganz kleinen Bruchteil erleben und sehen kann.

Von meiner Himmelsreise ist dies mit Abstand der beste Ort!

Hier will ich bleiben – aber ich darf noch nicht. Meine kleine Schwester, die mich immer noch begleitet samt meinen Schutzengeln, nimmt mich sacht an der Hand und zieht mich weg.

‹Gib acht, damit du hierher zurückkommen kannst!›, gibt sie mir bittend auf den Weg mit.

‹Ich bleibe hier!›, versuche ich meiner Schwester und einem der drei Engel klarzumachen.

‹Das geht jetzt noch nicht›, meinen beide verständnisvoll, in fast schonendem Ton.

‹Schade.›»

Diese Beschreibung von Timo hat mich beeindruckt; sein Erlebnis im Thronsaal war sozusagen der Höhepunkt seiner Reise in die Ewigkeit.

Von Timos Erlebnissen berichte ich später noch mehr, dann aber schön der Reihe nach.

M   Thema: Der Thronsaal

In der Bibel steht:
Ihr seid in die Stadt des lebendigen Gottes gekommen. Das ist das himmlische Jerusalem, wo ihr Gott zusammen mit seinen vielen tausend Engeln bei einem großen Fest anbetet.
Ihr gehört zu seinen Kindern, die er besonders gesegnet hat und deren Namen im Himmel aufgeschrieben sind.
Hebräer 12,22–23

Johannes schreibt ziemlich am Anfang der Offenbarung:

Da stand ein Thron im Himmel, und auf dem Thron saß jemand, und der dort Thronende sah wie Jaspis- und Karneol Stein aus, und den Thron umgab rings ein Regenbogen (Strahlenkranz), der wie ein Smaragd aussah. […]
Der Platz vor dem Thron ist wie ein gläsernes Meer, wie Kristall; und inmitten des Thrones, und

zwar rings um den Thron, sind vier Lebewesen, die vorn und hinten mit Augen übersät sind. […]

Die vier Wesen haben ein jedes sechs Flügel und sind ringsum innen und außen mit Augen übersät; und ohne Aufhören rufen sie bei Tag und bei Nacht: «Heilig, heilig, heilig ist der Herr, der allmächtige Gott, der da war und der da ist und der da kommt!»

Und jedes Mal, wenn die vier Lebewesen Preis und Ehre und Danksagung dem darbringen, der auf dem Throne sitzt, dem, der in alle Ewigkeit lebt, werfen sich die vierundzwanzig Ältesten vor dem auf dem Throne Sitzenden nieder und beten den an, der in alle Ewigkeit lebt, und legen ihre Kronen vor dem Throne nieder mit den Worten: «Würdig bist du, unser Herr und Gott, den Preis und die Ehre und die Macht zu empfangen; denn du hast alle Dinge geschaffen, und durch deinen Willen waren sie da und sind sie geschaffen worden.»

Offenbarung 4,2–3.6.8–11

Wenn du diesen Text liest, staunst du vielleicht erst einmal. Oder du reagierst ungläubig oder empfindest sogar Widerwillen.

Wir sind diese Dimension nicht gewohnt, da sich die Menschheit schon seit Jahrtausenden davon entfernt.

In diesem Kapitel der Bibel – Offenbarung 4 – kommt das Wort «Thron» oft vor. Beim Thron befindet sich das Zentrum, denn dort ist Gott in vollem Ausmaß präsent; und seine Präsenz ist das Allerwichtigste – sicher für uns Menschen, vielleicht sogar für alles. Hier stoße ich an die Grenze meines Verstehens.

Wenn wir darüber sinnieren, was diese Gottesgegenwart uns zeigt, dann erkennen wir einige Eigenschaften Gottes:

- Gott ist heilig.
- Er ist allmächtig.
- Er besteht ewig.
- Er ist der Schöpfer.
- Er gibt Freude und lebendiges Wasser.

Wenn wir dies erkennen, dann sehen wir vieles auf der Erde aus einer anderen Perspektive; es macht uns auch fähig, aktuelle und kommende schwierige Situationen, Zeiten und Naturgewalten mehr aus Gottes Sicht zu sehen und einzuordnen.

Wie gesagt: Mir ist nicht klar, ob im Thronsaal der Schöpfergott, der Vatergott, der allmächtige und ewige Gott sein Zentrum hat nur betreffend uns Menschen. Denn:

Da Gott unendlich ist und über allem steht, ergibt es nach meinem Verständnis eher Sinn, dass Gott im Thronsaal sich uns höchst intensiv zeigt, sein Wesen aber noch größer ist und noch weiter geht, als wir es uns vorstellen können – gewiss hier als sterbliche Menschen, wahrscheinlich auch in unserem Auferstehungskörper. Aber was der Mensch im Thronsaal erleben darf – wenn er eingelassen wird –, sprengt ohnehin schon alle Vorstellungskraft.

Intensiv-Kommunikation

Es ist Teil von Gottes Liebe zu uns, dass er sich uns so zeigt, dass wir ihn erfassen können. Es gehört auch zu seiner Liebe zu uns, dass er mit seinen Geschöpfen in Kontakt stehen und mit ihnen kommunizieren möchte, dass er zu ihnen spricht, ihnen interessiert zuhört und sie beschenkt – und dass er unsere Aufmerksamkeit und Zuwendung haben möchte und sich freut, wenn wir mit ihm reden.

Diese Intensiv-Kommunikation findet im Thronsaal statt, dort werden wir den lebendigen Gott anbeten und uns mit ihm austauschen.

Gottes Wesen ist gewaltig und ich weiß nicht genau, wie das dann sein wird; vielleicht habe ich auch überhaupt keine Ahnung von dieser Dimension der Nähe zu Gott. Doch eines weiß ich: Es ist ein Vorrecht, ihm nahe zu sein. An diesem Ort können wir wachsen und uns weiterentwickeln, um dem näherzukommen, wie Gott sich uns eigentlich schon immer gedacht hat.

Der Thronsaal ist auch der Ort der innigsten Anbetung der Menschen zu Gott dem Vater hin. Weil er sich dort dem Menschen intensiv zeigt (offenbart), wird dieser Mensch stark durchströmt und angezogen von dem Licht, dem Wesen und der Liebe Gottes.

Blicke in den Thronsaal

Unter all den NTE-lern, die im Himmel waren, hatten, soweit mir bekannt, nur wenige Einblick in den Thronsaal.

In der Bibel berichtet Daniel kurz vom Thronsaal; im Buch der Offenbarung schreibt Johannes etwas ausführlicher darüber und Hesekiel sah dort auch die Serafen. Ich nehme an, Paulus hatte Momente im Thronsaal. Sicher erlebte Jesaja diesen Ort bereits zu Lebzeiten; mehr dazu im nächsten Kapitel.

Die Bibel schildert den Thronsaal als Ort der Anbetung Gottes, aber auch als den Ort, wo Gott Gericht hält.

Mehrfach wird dort geschildert, dass um, unter oder über dem Thron mehrere gewaltige Engelwesen sind: Cheruben und Serafen.

N   Thema: Cheruben, Serafen, Erzengel

Gott ist omnipräsent, das bedeutet: Er ist immer und überall da – allgegenwärtig. An gewissen Orten und zu manchen Zeiten hält seine Präsenz sich zurück, an anderen Orten und zu anderen Zeiten ist sie intensiver.

Und trotzdem ist er omnipräsent – überall da.

Engel können nicht überall gleichzeitig präsent sein, auch hohe Engelwesen nicht. Sie sind örtlich limitiert und können immer nur an einem Ort sein; aber sie haben andere Fähigkeiten, die uns staunen lassen:

Sie können schneller reisen als in Lichtgeschwindigkeit.

Sie können miteinander und mit den Menschen kommunizieren.

Das Schicksal eines Einzelnen oder das der ganzen Menschheit ist ihnen nicht egal, sie kümmern sich intensiv um uns.

Diese von Gott erschaffenen Wesen haben auf sie zu-geschnittene Aufgaben; darüber habe ich in Kapitel B, «Thema: Engel», bereits geschrieben.

Unter den Engeln gibt es eine Hierarchie; die mäch-tigsten sind die Cheruben, die Serafen und die Erzengel.

Diese Benennungen kommen aus dem Hebräischen und Altgriechischen: «Erzengel» ist die Übersetzung des griechischen *archangelos*.

Die Wörter «Cherub» und «Seraf» sind hebräisch, im Plural sagt man «Cheruben» und «Serafen» oder wie im Hebräischen «Cherubim» und «Serafim».

Wir Menschen bekommen diese Himmelswesen nur selten zu sehen; die meisten von uns würden ihre Power gar nicht aushalten, es sei denn, diese verminderten ihr Licht und ihre Erscheinung auf eine erträgliche Stufe – was immer wieder mal tatsächlich geschieht.

Serafen und Cheruben

Cherub bedeutet «beten, segnen». Laut der Bibel stehen die Cheruben vor Gott.

Saraf wird oft übersetzt mit «brennend»; man nennt die Serafen auch «Feuerengel». Ebenso sinnvoll er-scheint die Übersetzung von *seraf* als «erhoben, erha-ben», da wir von vier Serafen lesen, die um den und über dem Thron Gottes schweben; die Cheruben sind dann eher darunter und daneben. Ein Seraf hat drei Flügelpaare.

In der Bibel schreibt der Prophet Jesaja über seinen Blick in den Thronsaal, das war etwa im Jahr 740 v. Chr.:

> Da sah ich den Herrn auf einem hohen, gewaltigen Thron sitzen. Der Saum seines Gewandes füllte den ganzen Tempel aus. Er war umgeben von mächtigen Engeln, den Serafen. Jeder von ihnen hatte sechs Flügel. Mit zwei Flügeln bedeckten sie ihr Gesicht, mit zweien ihren Leib, und zwei brauchten sie zum Fliegen. Sie riefen einander zu: «Heilig, heilig, heilig ist der Herr, der allmächtige Gott! Seine Herrlichkeit erfüllt die ganze Welt.» Ihre Stimme ließ die Fundamente des Tempels erbeben, und das ganze Heiligtum war voller Rauch.
>
> Jesaja 6,1–4

Hier bei Jesaja finden wir die Beschreibung der Serafen. Dass sie nah am Thron Gottes sind, das lässt uns erahnen, dass sie mit Gott eng verbunden sind. Sie rufen aus: «Heilig, heilig, heilig», und proklamieren damit, wie Gott ist, sein Wesen.

Serafen werden in beiden Teilen der Bibel erwähnt, im Alten und im Neuen Testament. Sie sehen für uns Menschen sehr merkwürdig und beeindruckend aus: übersät mit Augen und sie haben drei Flügelpaare. Es ist möglich, dass die vier Wesen am Thron Gottes Engel sind, oder sie sind spezielle engelsähnliche Wesen; auf jeden Fall sind sie geschaffene Wesen (Geschöpfe, nicht Gott).

Die andere Beschreibung der Serafen finden wir im Buch der Offenbarung; sie deckt sich ziemlich mit der Beschreibung von Jesaja, wurde aber etwa 800 Jahre später geschrieben, im 1. Jh. n. Chr., von dem Apostel Johannes, einem der Hauptjünger von Jesus. Ähnliche Beschreibungen von Wesen mit Mehrfach-Flügeln und vielen Augen finden wir im Buch Hesekiel (ca. 590 v. Chr.). Die dort beschriebenen Wesen werden «Cherub» genannt; daher nehme ich an, dass Serafen und Cheruben einander ähnlich sind.

In allen drei Visionen haben diese Wesen einen tiefen, vielleicht erschreckenden Eindruck hinterlassen, da weder Jesaja noch Johannes – auch nicht Hesekiel – eine derart intensive Gottesgegenwart gewohnt waren. Jesaja erlebte, dass ein Seraf ihm die Lippen berührte mit einer Kohle.

Sowohl im Buch Hesekiel wie auch in der Offenbarung des Johannes haben die vier Wesen am Thron Gottes je verschiedene Köpfe («Angesichter») und man darf annehmen, dass das auch ihre Wesenszüge beschreibt: Löwe, Stier, Mensch und Adler.

In der Beschreibung des Hesekiel (1,5–12; 10,6–17) hat jedes der Wesen auf jeder seiner vier Seiten diese Kopfform, bei Johannes ist es pro Wesen je eine (Offenbarung 4,6–9). Vielleicht konnte Johannes die Wesen nur von einer Seite sehen, dann wären es tatsächlich dieselben Wesen wie die bei Hesekiel.

Hesekiel schreibt explizit, dass die Wesen sich bei ihren dreidimensionalen Bewegungen nicht je nach

Gang- oder Flugrichtung umwendeten, sondern un-
geachtet der Bewegung ihre Sicht fest beibehielten. Er
schreibt auch, dass sich diese Wesen, je nachdem, wohin der Geist Gottes sie leitet, in verschiedene Regionen
bewegen. Da sie dabei, wie erwähnt, immer in dieselbe
Richtung schauen, auch wenn sie sich bewegen, kann
man annehmen, dass sie ihren Blick immer auf Gott,
den Schöpfer, richten.

Die Erzengel
Ein Erzengel ist ein Engel in führender Stellung innerhalb der Engelschar. Die einfacheren Engel (Schutzengel und andere) kümmern sich um Einzelpersonen,
Erzengel wie Gabriel überbringen Botschaften und Be-
schlüsse Gottes von tiefer Bedeutung für ganze Völker,
Michael ist ein Kämpfer.

Aus der Bibel kennen wir mit Namen nur die Engel Michael und Gabriel, aus den apokryphen Schriften
noch Raphael.

Michael gilt als der mächtigste Erzengel, sein Name
kommt aus dem Hebräischen und bedeutet «Wer ist wie
Gott?».

Der Name Gabriel bedeutet «Gottes Stärke» oder
«Gott ist meine Kraft».

Rafael heißt übersetzt «Gott heilt».

Die Endung dieser Namen – *el* – bedeutet im Hebräischen «Gott».

Bibeltexte zu Gabriel finden wir im Buch Daniel sowie im Lukasevangelium; dort lesen wir über die Engelsbegegnung des Zacharias:

Der Engel antwortete: «Ich bin Gabriel und stehe unmittelbar vor Gott als sein Diener. Er gab mir den Auftrag, dir diese gute Nachricht zu überbringen.»

Lukas 1,19

Dem Propheten Daniel hatte der Erzengel Gabriel etwas auszurichten:

Noch während ich betete, eilte der Engel Gabriel herbei, den ich schon früher in meiner Vision gesehen hatte. Es war gerade die Zeit des Abendopfers.
«Daniel», sagte er zu mir, «ich bin gekommen, um dir all diese Dinge zu erklären. Schon als du anfingst zu beten, sandte Gott mich mit einer Antwort zu dir, denn er liebt dich. Achte nun auf das, was ich dir zu sagen habe, damit du die Vision verstehst.»

Daniel 9,21–23

Im nächsten Abschnitt berichtet Daniel weiter:

Am 24. Tag des 1. Monats stand ich am Ufer des Tigris. Als ich aufblickte, sah ich einen Mann, der ein weißes Leinengewand mit einem Gürtel aus feinstem Gold trug. Sein Leib funkelte wie ein Edelstein, sein Gesicht leuchtete wie ein Blitz und seine Augen glichen brennenden Fackeln. Die Arme und Beine schimmerten wie polierte Bronze, und seine Stimme war so laut wie die Rufe einer großen Menschenmenge.

Ich war der Einzige, der die Erscheinung wahrnahm. Meine Begleiter konnten sie nicht sehen, doch sie bekamen plötzlich große Angst, liefen davon und versteckten sich. So blieb ich allein zurück und spürte, wie mich beim Anblick der beeindruckenden Gestalt alle Kräfte verließen. Ich wurde kreidebleich und konnte mich kaum noch auf den Beinen halten.

Da fing der Mann an zu sprechen, und als ich seine gewaltige Stimme hörte, verlor ich die Besinnung, fiel um und blieb mit dem Gesicht zur Erde liegen. Doch eine Hand berührte mich und rüttelte mich wach. Ich konnte auf die Knie gehen und mich mit den Händen aufstützen.

Der Mann sprach zu mir: «Gott liebt dich, Daniel! Steh auf und achte auf meine Worte, denn Gott hat mich zu dir geschickt.»

Zitternd stand ich auf.

«Hab keine Angst!», ermutigte er mich. «Du wolltest gern erkennen, was Gott tun will, und hast dich vor ihm gedemütigt. Schon an dem Tag, als du anfingst zu beten, hat er dich erhört. Darum bin ich nun zu dir gekommen.

Aber der Engelfürst des Perserreichs [heute: Iran] stellte sich mir entgegen und hielt mich einundzwanzig Tage lang auf. Doch dann kam mir Michael zu Hilfe, einer der höchsten Engelfürsten. Ihm konnte

ich den Kampf gegen den Engelfürsten der Perser
überlassen.

Jetzt bin ich hier, um dir zu erzählen, wie es in
späterer Zeit mit deinem Volk weitergeht. Denn was
du nun von mir erfährst, liegt noch in ferner Zukunft.»

Daniel 10,4–14

Wir haben hier den «Erzengel» Gabriel (altgriechisch
archangelos, das *arch* – «Erz» steht für «Führer»); er ist
ein «Nachrichten-Engel» und er berichtet vom Engel
Michael, dem Kämpfer, dem «Länder-Engel».

Seit der Frühzeit der Kirche wurden immer wieder An-
strengungen unternommen gegen die Entstehung soge-
nannter Engelskulte. Doch leider gibt es in jeder Zeitepoche Gruppen, die anstelle des lebendigen Gottes die
Engel ins Zentrum rücken – oft kombiniert mit Wich-
tigtuerei: Man verkündet z. B.., dass man ständig einen
der bedeutendsten Erzengel treffe. Oft ist dies gepaart
mit diffusen Endzeit-Botschaften. Dann sollten einem
alle Alarmglocken läuten!

Engel weisen hin auf Gott, sie helfen uns und bewahren uns vor vielem. Den Kontakt zu ihnen sollen wir
nicht aktiv suchen, sondern nur Gott selbst und seine
Nähe. Haben wir dann tatsächlich unverhofft ein En-
gelserlebnis, dann ist es gut, dies erst zu prüfen. Ist es
von Gott, dann freu dich drüber!

O   Thema: Gott-Vater und die Dreieinigkeit

So faszinierend Engelwesen auch sein können, allmächtig sind sie nicht. Sie sind nur Geschöpfe – kein Vergleich zur Allmacht Gottes, des Schöpfers!

Ja, wie ist das nun mit Gott?

Wenn Gott so mächtig ist und dazu allgegenwärtig, wozu braucht es dann noch Jesus und den Heiligen Geist? Was hat es auf sich mit der «Dreieinigkeit»?

Einige Zeitgenossen reden recht locker über Gott, sie berufen sich auf ihn oder mögen es, über ihn zu philosophieren; aber wenn die Rede auf Jesus kommt, dann verschließen sie sich und bestehen höchstens noch darauf, dass Jesus ein toller und sozial hochkompetenter Mensch war und mit Gott nicht direkt assoziiert werden sollte – im Sinne von «Jesus war ein toller Prophet, ein Wegweiser».

Jesus und Gott, der Schöpfer von allem, sind unzertrennlich. Im Grunde genommen sind sie ein einziges

Wesen, sie sind eine Entität – Gott hat beschlossen, uns zu begegnen in der Gestalt von Jesus, damit wir ihn überhaupt begreifen und erfahren können!

Um die Dreieinigkeit zu erklären, wird oft gesagt: «Wasser ist auch dann Wasser, wenn es die Form von Eis oder Dampf annimmt.» Dieser Vergleich gefällt mir, na ja, so halbwegs.

Als wäre das mit Gott, dem Vater, und Jesus, seinem Sohn, nicht schon kompliziert genug: Warum als dritte Form Gottes dann auch noch den Heiligen Geist?

Der Heilige Geist wird «der Tröster» genannt: Gott kommt zu uns in Form von Trost. Der Heilige Geist ist die besondere Kraft, die uns hilft, Gottes Wesen zu erkennen, ihm zu begegnen, ihm zu glauben. Mehr noch: Er ist auch eine Art «Überbrückungshilfe» für unsere Zeit hier auf der Erde, bis wir Gott real begegnen und ihn ansehen können.

Gottes Sohn: Jesus Christus

Oft wird mit Jesus sein Titel genannt: «Christus», das ist griechisch und heißt «der Gesalbte», auf Hebräisch «Messias». Jesus Christus ist Gottes Sohn, deshalb spricht man auch von «Gott – Vater, Sohn und Heiliger Geist».

In diesem Buch werden mehrere Begegnungen mit Jesus beschrieben; Jesus hat die Statur und Erscheinung eines Menschen und doch soll er Gott sein! Ist das möglich? Warum sollte Gott (im Wesen von Jesus) dem Menschen *so* begegnen?

Gott könnte uns begegnen in welcher Form auch immer, einfach, wie er will – als Monster, als Riesenwolke, als die formlose Macht, die sich viele Leute vorstellen.

Aber er begegnet uns in Jesus, dem Menschen.

Weil er uns so sehr liebt, hat er eine Form gewählt, die zu uns passt, zu unseren Emotionen, unserem Vermögen zu denken und zu kreieren, zu dem, wie wir «ticken».

Jesus ist die Art von Gottesbegegnung, die dem Einzelnen, aber auch großen Gruppen, ja, ganzen Völkern ein Gegenüber sein und ein Miteinander geben kann. Wenn er sich für uns «reduziert», dann ist das ein Zeichen der Liebe Gottes des Vaters, des Schöpfers, zu uns.

Und das Allerwichtigste an Jesus: Er ist am Kreuz für unsere Sünden gestorben – und darum können wir Zugang haben zu Gott und zum Paradies, wenn wir diese Vergebung von ihm annehmen. Wenn wir anerkennen, dass wir das selbst nicht schaffen, allesamt und jeder einzeln.

So komplex Gottes Dreieinigkeit sein kann, so klar und einfach ist der Zugang zu ihm – durch Jesus.

18 Ich muss zurück
und bin fremd hier

Am Morgen nach dieser legendären Nacht ist alles irgendwie anders.

Da habe ich also ein Engelspaar auf dem Balkon stehen sehen … und jetzt wache ich in meinem Bett auf. Vom ersten Moment an fühle ich mich fremd hier – und erst recht, als ich die ersten Mitmenschen treffe. Merkwürdig! Wie «neben den Schuhen». Innerlich aus der Zeit gefallen.

Aber erst mal steige ich aus dem Bett – und wie seit einem Jahr tut mir das Knie weh. Eigentlich würde doch passen, dass nichts mehr schmerzt nach diesem krassen Erlebnis.

Im Haus ist es kalt. Warum kann die Temperatur nicht einfach perfekt sein?

Es riecht nicht mehr besonders – und keine himmlische Musik im Raum, von der man nicht weiß, woher sie kommt.

Kein zehndimensionales Denken mehr möglich.

Etwas zu still hier. Zu einsam. Zu unpassend für mich.

Was war das eigentlich? Ich checke es noch nicht so ganz. Etwas Unglaubliches ist mir passiert diese Nacht, das weiß ich felsenfest – aber was?

Nach der ersten Unsicherheit macht sich (zum Glück!) ein wohlig-warmes Gefühl in mir breit. Etwas von Gottes Nähe ist wohl hängengeblieben, analysiere ich später. Im Moment bin ich nur dankbar.

Es ist noch viel mehr: Ich weiß jetzt, dass ich irgendwo mega zu Hause bin. Und dass ich geliebt bin und angenommen von Gott. Alle meine Sinne sind auf hochsensibel eingestellt, was ich sonst nicht so kenne. Vor allem nicht frühmorgens.

Es fühlt sich auch an, als wäre mein Verstand mit Licht aufgefüllt und mein Blick hätte sich erweitert. Ich schaue – und schaue anders … Ich blicke zum See hinaus und muss glucksen und ich smile vor Glück.

Es ist ein bisschen widersprüchlich – einerseits dieses merkwürdige Hier-fremd-Sein, andererseits die tiefe Befriedigung, die sich in meiner Seele breitgemacht hat. Ich bin über Nacht gereift und fühle mich gleichwohl mehr wie ein Kind als auch schon.

Und zu alledem habe ich den Eindruck, dass ich, wäre ich ein Puzzleteil, nicht mehr hier hineinpassen würde in diese Welt, in diese Umgebung. Wie Zahnrädchen, die nicht mehr greifen wollen in meinem alten Alltagstrott.

Die Erinnerung an diese Nacht: Nun ist sie schlagartig zurück! Nicht Stück für Stück, sondern mit einem Schlag.

Peng. Krass! Echt jetzt? War das so?

Ich bin perplex, dass ich so etwas erlebt habe: die Engel, Jesus, die verstorbenen Lebenden, die himmlischen Gebäude, die Natur und die Tiere dort. Wahnsinn!

Sooo gerne wäre ich wieder dort.

Ein paar Wochen sind vergangen seit dieser unbegreiflichen Nacht.

Ohne viele Worte hatte Jesus mir klargemacht, dass ich hier auf der Erde noch einige Aufgaben habe: meine Familie, die Kinder, Freunde brauchen mich. Intuitiv weiß ich nun auch, dass wir hier in Europa eine recht unstabile Zeit vor uns haben – und dass ich Stabilität und Lebenssinn weitergeben soll und will.

Vorerst bemerke ich in mir eine gewisse Menschenscheu, das ist mir neu. Als würde ich mich doch nicht richtig auf mein Wieder-hier-Sein einlassen wollen … Zugleich durchdringt mich eine neu gefundene tiefere Liebe zu den Menschen, da ich sie nun mehr aus Gottes Sicht sehen kann. Nur bin ich noch mit allen Sinnen so übersensibel, dass ich in Gruppen schnell ermüde; und ich fühle mich konstant ein bisschen fremd oder fehl am Platz. Ich nehme viel schneller wahr, was bei meinem Gegenüber alles nicht gut läuft, und ich weiß noch nicht recht, wie ich das, was ich erlebt habe, anderen mitteilen soll.

Eine Freundin kommt zu Besuch, beklagt sich über dies und das, redet über den und diese. Hmm ... Was soll ich dazu sagen? Ich möchte auf keinen Fall überheblich sein. Die neu erlebte himmlische Dimension habe ich in meinem Geist aktiviert, aber mir fehlen die üblichen netten Floskeln für den Smalltalk – als hätte ich die Skills dazu nicht mehr.

Smalltalk habe ich immer gern gemacht, das gehört zu meinem Beruf, darin war ich beinahe Meisterin. Aber jetzt kommt es mir vor, als hätte ich diese zwischenmenschliche Sprachfähigkeit in jener Nacht dort verloren – und im Grunde möchte ich sie auch gar nicht mehr beherrschen.

Es wird noch ein paar Jahre dauern, bis sich beide Welten in mir etwas verweben können und ich hier wieder einigermaßen normal leben und funktionieren kann. Mein Level an Mitgefühl ist an manchen Tagen so hoch, dass ich sehr schnell den Tränen nahe bin, wenn in meinem Umfeld jemand leidet.

Mir ist bewusst, dass es ein enormes Vorrecht ist, dass ich das alles erleben konnte; und manchmal drückt mich die Verantwortung, obschon ich noch nicht so recht weiß, was ich mit dem Erlebten anfangen soll.

19   Mein Treffen mit Timo

D ass ich Timo treffen und kennenlernen kann,
freut mich riesig. Der eher fröhliche junge Mann
ist etwa fünfzehn Jahre jünger als ich.

Über einen gemeinsamen Bekannten habe ich gehört, dass Timo mit mir reden möchte über seine NTE
und dass er das bis jetzt noch kaum getan hat. Das interessiert mich und ich schärfe mir ein, dass ich in erster Linie die Hörende sein will und nicht zu viel reden
sollte.

Was Timo mir von seiner Reise in den Thronsaal beschreiben wird, habe ich bereits erzählt. Nun nehme ich
dich mit zu Timos Reise dorthin.

Der Tag präsentiert sich wolkenverhangen – wie man es
sich im Spätherbst so vorstellt.

Wir treffen uns downtown in einem Café, von dem
ich weiß, dass es Tische mit etwas Privatsphäre gibt.
Das Kaffeehaus ist mäßig besetzt und wir haben eine
Lounge-Ecke für uns – wohlweislich bin ich schon et-

was früher da und habe sie für uns beide in Beschlag genommen.

Meine Erwartung steigt und ich bin sehr gespannt auf Timos Schilderungen. Jacke, Schal und Handtasche stopfe ich achtlos hinter meinen Rücken zwischen ein paar große Loungekissen.

«Hallo, Sienna!»

«Hi, Timo, cool, dass es geklappt hat. Ist ja ganz schön trübes Wetter heute! Ja, wir haben die ganze Lounge für uns. Ich freue mich auf das, was du zu erzählen hast.»

Nachdem ich es geschafft habe, mit Timo erst ein bisschen Belangloses zu reden, um die Situation zu entspannen, beginne ich abzuchecken, ob er mir wirklich etwas Echtes zu erzählen hat, bevor ich umschalte zum konzentrierten Aufnehmen. In mir überwiegt der Eindruck, dass das, was er mir mitteilen will, tatsächlich wahr ist.

Timo nimmt Anlauf: «Ich habe Unglaubliches erlebt. Während einer Operation bin ich einfach aus meinem Körper gerutscht, habe von außerhalb meines Körpers diverse Szenen beobachtet – und war dabei doch garantiert ich selbst.»

«Erzähl – warst du vor der Operation krank gewesen?»

«Schon, aber nicht todkrank. Ich hatte ein Magengeschwür und das blutete immer wieder. Ich dachte, das wäre ein Routine-Eingriff, aber in den Tagen vorher hatte ich immer wieder ein ziemlich mulmiges Gefühl

– als hätte ich geahnt, dass da etwas Sonderbares auf mich zukommen könnte.

Ich fühlte mich, wie wenn ich auf etwas vorbereitet werde, was außerhalb meiner Kontrolle liegt. Vor einer Operation hat man ja sowieso mulmige Gefühle; aber ich war dazu in einer merkwürdig freudigen Erwartung.»

«Wie wenn du auf dein Himmelserlebnis vorbereitet worden wärst?»

«Ja. – Bei der Operation bin ich wegen innerer Blutungen kurz gestorben – es war ein Magendurchbruch –, deshalb habe ich mich von meinem Körper gelöst und danach zog es mich in einen Tunnel hinein.» Timo hält kurz inne, wie wenn er sich nochmals in diesen Tunnel versetzt. «Es war wie eine weite dunkle Röhre. Dort empfand ich zuerst etwas Angst, doch dann konnte ich ein Licht sehen.»

«Ein Licht?»

«Ja, das erzähl ich dir dann gleich noch genauer.

Später wurde mir mein vergangenes Leben gezeigt. Es war anders, als wenn man diesen Film hat, bei einem Unfall oder so, wo man in Highspeed das eigene Leben sequenziert sieht; es war vielmehr so, dass Jesus mein Leben mit mir besprochen hat. Nicht verurteilend – aber er hat mir schon auch einiges gezeigt, was ich nicht so großartig gemacht hatte. Er war immer bei mir und hat mir Zeit gelassen, selber zu begreifen, wo ich anderen geschadet habe.»

«Als ich im Himmel war, hatte ich das nicht», ergänze ich in einer Denkpause.

«Weißt du, wie lange du dort warst?», fragt Timo nach.

«Nein, nicht wirklich, so mittellang.»

Darüber müssen wir beide lachen. Timo kann das besser beantworten:

«Ich wurde acht Minuten lang für tot erklärt, aber das ist Erdenzeit. Bei all dem, was ich im Himmel erlebt habe, war ich garantiert länger dort! Das alles wäre in acht Minuten gar nicht möglich gewesen.»

«Was war das Eindrücklichste?»

«Jesus. Und diese riesige offene Halle, der Thronsaal, und die Mengen von Menschen und Engeln dort. Auch die krasse Gegenwart Gottes in dieser Halle. Und dass ich kurz meine Schwester Lina treffen konnte – die ist verstorben, als ich noch zur Schule ging.»

«Du warst in der himmlischen Stadt drin? Oh, bitte, erzähl mir das alles so genau wie möglich!»

Nur zu gerne tauche ich ein in Timos Erzählung. Es ist, wie wenn endlich einer meine Sprache spricht und versteht!

Einiges, was er erlebt hat, habe ich auch erlebt; manches ist anders, aber es steht zu meinen Erlebnissen nicht im Widerspruch. Ich war nicht in einer Röhre, aber ich war ja auch nicht sterbend. Auch einen Lebensrückblick hatte ich nicht. «Zum Glück», denke ich – und merke sofort: Meine Reaktion ist unpassend; solch ein Lebensrückblick ergibt ja tiefen Sinn und man kann vieles daraus lernen und neue Einsichten gewinnen.

Aber besonders fasziniert mich, dass Timo in der goldenen Stadt war – und im Thronsaal! Dort, wo ich so gerne hineingegangen wäre, aber nicht durfte, nicht konnte: Er war dort!

Was er im Thronsaal gesehen hat, das habe ich euch bereits geschildert; aber er hat noch mehr zu berichten.

«Timo, erzähl mir mehr darüber, wie du weggetreten bist, erzähl es mir so genau wie möglich!»

20 Timo im Spital und seine Reise durch den Tunnel

W ährend meiner Operation musste etwas schief-gelaufen sein. Ich blutete innerlich mehr, als man erwartet hatte, das Geschwür hatte, wie schon er-wähnt, die Magenwand durchbrochen und mein Kreis-lauf kollabierte.»

«Was davon hast du selber noch mitbekommen?»

«Ich erzähl's dir grad: Ich bin ja in Narkose zu diesem Zeitpunkt der Operation. Aber dann plötzlich glasklar wach, und ich bekomme alles mit, was da passiert! Die mich operieren, haben Stress wegen mir, die realisieren, dass ich sterben könnte oder grad so am Rüberdriften bin.

Es entsteht Unruhe im Raum, einer der Chirurgen fährt die Assistentin rau an. Seine Stimme hört sich an wie ein inszeniertes Staccato, dazwischen hört man das Klappern der chirurgischen Instrumente und das Sur-ren der Maschinen.

Warum ich das weiß? Ich stehe daneben. Der Körper, an dem sie rumgewerkelt haben in immer intensiverer

Geschwindigkeit und Stress, das ist eigentlich *mein* Körper. Aber im Moment ist mir das nicht bewusst.»

«Wie – nicht bewusst?»

«Ich will es dir schildern, als würde ich es gerade noch einmal erleben.»

Um sich in jenen Moment zurückzuversetzen, schließt Timo halb seine Augen, sinkt etwas tiefer in die Loungekissen und sein Blick hält sich fest an einem fernen imaginären Punkt.

«Ich bin ja eigentlich in Narkose – aber dann höre ich ganz unerwartet Sätze über meine eigene Operation und jetzt will ich natürlich sehen, was da vor sich geht. Sehen kann ich zunächst aber nichts, ich kann nur hören. Doch dann gleite ‹ich selbst› aus mir heraus. Wie soll ich das erklären? Ich weiß sicher, dass ich, also meine innere Seele, dass das *ich* bin. Ich weiß es sogar sicherer, als dass ich die Gewissheit habe, dass mein Körper mein eigenes Ich ist! Wie wenn etwas, das wir nur als zusammengefügt kennen, ganz unerwartet auseinanderfällt.

In diesem Moment also spüre und erlebe ich, dass meine Seele aus meinem Körper hinausgleitet. Ich bin erstaunt; aber da ich keinen Schmerz mehr spüre und auch das Schweregefühl weg ist, ist es ein recht angenehmer, wenn auch etwas verwirrender Vorgang und danach ein merkwürdiger Zustand. Meine Gedanken rotieren, aber gleichzeitig ist alles friedlich und befreiend.»

«Hattest du hinterher Zweifel, ob das alles wirklich so passiert ist?»

«Also, es ist schon krass: Was ich erlebt habe, ist für mich so real, dass ich eher das glaube als das, was ich jetzt gerade vor mir sehe, zum Beispiel die Tassen hier auf dem Tisch und unsere angeschlürften Cappuccini!»

Ich nicke: «Ja, ich weiß, ich verstehe. Bist du lange auf der Erde geblieben?»

«Nein. Meine Seele – oder mein inneres Ich – löst sich also von meinem Körper und zuerst stehe ich eine Weile neben meinem Körper, dann driftet meine Seele in Richtung Decke mit Blick nach unten. Ich kann entscheiden, wohin ich schauen will, und ich will nach unten schauen; dass ich aber zur Decke gleite, das habe ich nicht entschieden, tue es aber doch – so quasi ungefragt.»

Timo grinst ein wenig, als wäre er verlegen.

«Dann wundere ich mich, dass weder die Anästhesistin mich wahrnimmt noch die operierenden Ärzte noch das Pflegepersonal; sie sehen nur meinen Körper und dass der kaum noch funktioniert. Ich schaue ihn auch an, also mich selber, und denke: ‹Hmm, der sieht schon mitgenommen aus. Und dieser Intubier-Schlauch, der ist ja dick – aber, ähm, das bin ja ich!› Ich versuche, das Operationsteam anzusprechen, aber die können mich weder hören noch sehen.»

«Das ist schon sketchy.»

«Einerseits beruhigt es mich, dass ich keine Schmerzen mehr habe. Die Temperatur ist ideal, ich verspüre ein mir noch unbekanntes Gefühl von Freiheit; aber es ist beängstigend, dass keiner mich wahrnimmt und dass ich meinen nackten Körper auf dem schmalen Operationstisch dort erkenne als den meinen. Doch irgendwie habe ich einen ziemlichen Abstand dazu, eigentlich ist er mir egal.

Jetzt bin ich aber doch beunruhigt und frage mich, ob ich vielleicht gestorben sein könnte? Mein Körpergefühl ist unerwartet angenehm, aber meine Gedanken (ist das nun auch mein Hirn oder doch nicht?) – also meine Gedanken melden mir in megakurzem Takt Stressbotschaften: ‹Ich bin tot – am Sterben – ich hier und da? – unsichtbar, für immer? – Was soll das? – Habe ich in diesem Zustand trotzdem noch ein Gehirn?›

Wie schon gesagt: Ein unsichtbarer Sog zieht mich zur Decke hinauf. Das kann ja heiter werden! Immerhin habe ich jetzt einen besseren Überblick über mich selbst und die Operierenden. Von diesem Blickwinkel aus wird mir auch klar, dass der sich in Operation befindende Timo in einem sehr heiklen Zustand schwebt – die Maschinen, an die sein Körper angeschlossen ist, melden Alarm.

Mit unsichtbarer Kraft werde ich noch weiter nach oben gezogen. Nun kann ich aus meiner Vogelperspektive in andere Räume des Spitals blicken – im Wartezimmer sehe ich meinen Bruder und meine Mutter. Der Bruder weint, die Mutter versucht ihn zu beruhigen, aber wenig überzeugend.

Es ist seltsam: Das alles betrifft mich sehr persönlich, aber ich bin von alledem wie abgetrennt. Es ist ein ruhiger Abstand zu den Vorfällen hier – beinahe, als wäre ich bloß der Zuschauer und unter mir spielt ein Theaterstück.

Der Zustand von Schwerelosigkeit begeistert mich zunehmend und ich nehme wahr, dass ich in eine andere Raum-Zeit-Dimension eintrete. Inzwischen kann ich auch wieder so was wie meinen eigenen Körper wahrnehmen, aber bei mir und nicht auf dem Operationstisch. Das beruhigt mich noch zusätzlich. Ich befinde mich in einem Körper, der in etwa meinem alten Körper gleicht, aber mehr Fähigkeiten hat und vitaler ist.

Nun zieht es mich noch weiter hinauf. Es geht eindeutig nach oben. Kein Wind, aber ich fliege nach oben! Etwas beängstigend ist diese Dunkelheit.

‹Gott!›, rufe ich: ‹Wo bist du?›

In diesem Moment zieht es mich in eine Röhre hinein, eine breite Röhre, einem runden Tunnel ähnlich – mit gefühlt zehn bis fünfzehn Metern Durchmesser. Das habe ich dir ja schon ein wenig beschrieben.»

«Und dieser Tunnel führt dann irgendwie weg vom Spital? Auch weg von der Erde?»

«Ja. Die Geschwindigkeit, in der ich mich von der Erde wegbewege, erhöht sich. Ich nehme den Speed wahr, spüre auf meinem Brustkorb aber keinen Beschleunigungsdruck. Dieses Gefühl der Beschleunigung habe ich immer genossen, das hier ist aber anders. Schade, dass ich die Erde nicht sehen kann auf meinem ‹Raumflug›!

Um mich herum nur Dunkelheit.

Dann, zu meiner Erleichterung, sehe ich in weiter Entfernung einen kleinen Lichtpunkt. Klein ist er, winzig klein, aber schon aus der Ferne wird klar, dass dieses Licht sehr hell sein muss. Dieser Lichtpunkt rast auf mich zu – und ich bewege mich in seine Richtung. Je näher das Licht kommt, umso besser erkenne ich: Es ist ein Wesen!

Das lichtweiße Wesen glimmert unglaublich gleißend weiß, aber es gehen auch Funken von Regenbogenfarben von ihm aus. Je näher es mir kommt, desto mehr nimmt es die Form eines Menschen an.

Es ist Jesus!»

21 Dunkelheit und das Welcome-Komitee

Du hast tatsächlich als Erstes Jesus gesehen, als du im Himmel ankamst?»

«Ja, und ich hatte dabei sogar das Gefühl, dass ich noch vor dem Himmel stand. Als ich zu der Tunnel-röhre hinauskatapultiert wurde – sanft, aber schnell –, stand ich gefühlt in einem Niemandsland. Rechter Hand waren helle Farben und von vorne rechts schien Licht auf mich zu strahlen.

Seitlich breitete sich dort vor mir eine weitläufige, sich sanft bewegende Wiese aus, links aber klaffte ein dunkler Abgrund. Beängstigend! Es war ein anderes Dunkel als das, das in der Röhre herrschte. Es war ein-deutig ein böses Dunkel, es strahlte Einsamkeit aus und Zerfall – und es roch so muffig nach Sterben.»

«Warst du dort nah dran, hast du noch mehr gesehen?»
«Ja und nein.»
«Wie meinst du das?»

«Ich weiß, dass es dort Menschenseelen hat und finstere Wesen. Ich glaube, das war ein Eingang zur Hölle.»

«Hattest du Angst? Und warum sagst du, dass du weißt, dass es dort Menschen gab – hast du welche gesehen?»

«Auch wieder ja und nein. Also – ja, es war beängstigend zu sehen, dass es so etwas Dunkles, Finsteres gibt. Und nein, tiefgreifende Angst hatte ich nicht, denn Jesus kam ja auf mich zu und der strahlte eine solch große Power aus, dass ich wusste: Ich bin in Sicherheit.

Was du fragst wegen der Menschen: In diesem Moment wusste ich es einfach, ohne allen Zweifel. So, wie man dort vieles einfach weiß; ich nehme an, dass man mich das erkennen ließ.

Es beschäftigt mich schon – vielleicht habe ich auch manches Gesagte verdrängt oder vergessen oder ich soll es nicht mehr wissen.

Das Dunkle, das ich auf der linken Seite sah, schien viel weiter entfernt. Mein Blick konnte es als nah erfassen; innerlich wusste ich, dass es mir nicht wirklich nahe war, aber es wurde mir als existent gezeigt. Es lag in einer tieferliegenden Sphäre.»

«Du willst mir also echt sagen, dass du so etwas wie einen Eingang zur Hölle gesehen und erlebt hast?»

«Ja.»

«Das hört man eher selten.»

Timo erklärt mir: «Ich habe mit anderen NTE-lern geredet, die auch solche Erlebnisse hatten. Zum Beispiel sahen sie Menschen, die in Dunkelheit und Einsamkeit gefangen waren, im Totenreich.»

«Hast du dort noch mehr gesehen und erlebt?»

«Nicht, dass ich es noch wüsste. Aber dieser kurze Moment war mir vollauf genug! Sienna, so wie es das Gute gibt, also Gott, so gibt es auch das abgrundtief Böse.»

«Bist du noch näher in diese Richtung gegangen, auf die Finsternis zu?»

«Nein. Das wollte ich auf keinen Fall! Das Licht hat mich so stark angezogen, das Leben! – Die Hölle muss absolut grässlich sein.»

«Erzähl mir mehr, wie ging es weiter?»

Wieder schweift Timos Blick in die Weite, auf seinen Gesichtszügen breitet sich ein ganz besonderes Strahlen aus – und er schildert mir, was er noch erlebt hat:

«Ich wende mich in Richtung Jesus. Von ihm geht so viel Licht aus! In etwas Abstand hinter ihm stehen zwei riesige Engel in kupferfarbigen Gewändern und langem rötlichen Haar.

Und dann kommt unerwartet meine Schwester – sie ist vor elf Jahren verstorben und nun läuft sie happy auf mich zu! Zuerst sehe ich sie zusammen mit drei weiteren Leuten, sie umringen meine Schwester von hinten her; auch sie laufen auf mich zu und lachen.»

«Wer sind diese anderen Leute?»

«Sie scheinen zu meinem Willkommens-Komitee zu gehören. Alle sind enorm erwartungsvoll und es sieht aus, als wollten sie mich ehren. Meine Schwester hüpft wie ein Tennisball und gluckst vor Freude darüber, dass sie mich treffen kann. Sie umarmt mich heftig und in dem Moment weiß ich, dass es hier auch so etwas wie Materie gibt: Ich spüre den Druck ihrer Umarmung. Es ist real.»

«Und Jesus?»

«Er will den Leuten den Vortritt lassen; doch nach dem ersten Moment der Überraschung und Freude, dass ich meine Schwester sehen darf, habe ich eigentlich nur noch Augen für ihn.»

«Wer sind die anderen Leute?»

«Vorfahren von mir. Eine ist meine Großmutter mütterlicherseits; ich habe sie nicht kennengelernt und trotzdem weiß ich: Sie ist es. Sie starb mit knapp fünfzig Jahren – aber hier sieht sie aus, als wäre sie Ende zwanzig! Und da sind noch zwei Männer, auch aus meiner Verwandtschaft. Sie stellen sich vor; wir sind Groß-Cousins oder so was.»

«Hast du noch weitere Engel gesehen?»

«Ja, aber erst, nachdem ich meine Schwester und die Verwandten getroffen habe. Sie sind wohl schon immer dabei, aber wahrnehmen kann ich sie erst jetzt.

Es sind drei Engel, etwa so groß wie ein Mensch, und sie wirken etwas gechillter als die beiden riesigen Engel, die ich hinter Jesus stehen sehen habe. Ihre Gesichter gleichen denen von Menschen, sie sind ungefähr in meinem Alter und ihre lockeren Kleider sind etwas heller, als Erdenfarben es sind.

Die Engel stellen sich vor als meine Schutzengel und sie schauen mich an, als wollten sie meine besten Freunde sein. Sie reden auch miteinander, das kann ich aber nicht verstehen; ihre Körper samt den Gewändern strahlen dann noch heller. Ihre Erscheinung ist beeindruckend und trotzdem freundlich und sanft – und dabei sehr kraftvoll.

Aber im Vergleich zu Jesus sind diese Engel nur ein Schatten von seiner Majestät und Strahlkraft. Mir fehlen die Worte.

Das Besondere an Jesus ist, dass er sich sehr freut, mich zu treffen; seine Annahme und seine Liebe zu mir haben mich überwältigt. Je länger er sich in meiner Nähe aufhält, desto mehr verbreitet sich Freude in mir und mir wird unglaublich wohl.

Das alles hier ist so neu für mich, aber etwas in mir fühlt sich an, als wäre ich schon ewig hier zu Hause – hier gehöre ich hin und hier will ich bleiben.»

«Habt ihr geredet?»

«Wir haben viel geredet, teils mit Wörtern, teils in Gedankenaustausch. Aber ich bin mir noch nicht sicher, ob ich das, was Jesus mit mir beredet hat, weitersagen will. Es ist für mich das Kostbarste, was ich je erlebt habe!

Früher dachte ich immer: Wenn ich mal tot bin und irgendwo im Himmel lande, dann habe ich sehr viele knifflige Fragen an Gott, auch vorwurfsvolle Fragen. Aber als ich diesen Austausch mit Jesus hatte, waren in mir nicht wirklich große Daseinsfragen; vieles war unverhofft glasklar. Mit ihm zu reden, das hat mich erfüllt und mir einen anderen Blickwinkel gegeben. Ich konnte komplex-vielschichtig denken und erkennen – so, wie wenn man einen Wissens-Boost bekommt.

Und viel Heilung. Ich wusste gar nicht, dass ich innerlich so verletzt war. Jesus hat mich in vielen Bereichen berührt und geheilt.

Und ja, wir haben auch recht viel geredet über die Familie, in die ich hineingeboren wurde. Ich hatte immer gedacht, dazu würde ich ihm Vorwürfe machen; doch dann haben wir gemeinsam meine Familie und die Vorfahren betrachtet und plötzlich war ich für vieles sehr dankbar. Ich sah die Farbigkeit, ja, die Einzigartigkeit meiner Familie.»

«Was hat dieses Gespräch sonst noch bewirkt?»

«Einiges schlummert in mir wie ein noch nicht gehobener Schatz; andere Worte, die Jesus an mich gerichtet hat, zeigen mir, dass er wirklich alles von mir weiß und dass er mir alles vergeben hat, denn ich hatte ihn früher mal um Vergebung gebeten. Das zu begreifen, hat in mir einen Schub von Freiheit und Kreativität ausgelöst bis in meinen jetzigen Alltag hinein.

Was sich bei mir auch sehr verändert hat durch seine Worte: Ich bin interessierter und geduldiger geworden anderen gegenüber, offener, und möchte nicht mehr nur mit coolen Freunden abhängen.»

«Da habe ich ja Glück gehabt, dass du nun auch mit mir alter Schachtel abhängst.»

Wir lachen – und verstehen beide, von was der andere redet.

22 Timos Lebensrückblick

E in wolkig-sonniger Freitagnachmittag.
Einige Passanten scheinen schon bereit fürs
Weekend zu sein und hetzen an mir vorbei, etwas auf-
gekratzt in freudiger Erwartung auf Partys, ein schönes
Abendessen oder den Kinoabend.

Ich treffe mich nochmals mit Timo in der Stadt.
Das erste Treffen mit ihm ist ja sehr spannend gewesen und ich halte es für glaubhaft, was er mir geschildert hat. Deshalb möchte ich noch mehr von ihm
hören.
Wir treffen uns am See und setzen uns auf eine Mauer. Schlürfen unsere mitgebrachten Drinks, begeistern
uns für Gemüsechips und teilen uns meine mitgebrach-
te große Poke Bowl.
Nach etwas Smalltalk und Snacken beginne ich, ihm
ein wenig von meinen Erlebnissen im Himmel zu schildern. Timo hört dem begeistert zu, was ich erzähle von
den Tieren und Landschaften, und fragt viel nach – zu

den Tieren, den Menschen und den Behausungen, die ich gesehen habe.

Was wir beide wahrgenommen haben im Bereich der Mauer der großen Stadt und von dem, was ich dort im Eingangsbereich sehen konnte, deckt sich – das ist für mich eine schöne Bestätigung. Vom Paradies um die heilige Stadt herum hat er selber nicht viel mitbekommen.

Heute interessiert mich vor allem der Lebensrückblick, den Timo gehabt hat.

«Ich hatte keinen Lebensrückblick und auch keinen Vergangenheitsfilm meines Lebens, nichts dergleichen. Vielleicht erinnere ich mich auch nur nicht mehr daran», schneide ich das Thema an.

«Ich habe einen intensiven Lebensrückblick erlebt, das war krass – aber irgendwie auch befreiend. Also einiges war ziemlich tough, nicht gerade einfach.»

«Erinnerst du dich noch an Einzelheiten?»

«Ja. Nachdem ich durch diesen Tunnel gezogen worden war und Licht und Finsternis wahrnehmen konnte, wurde ich ja freudig begrüßt in der neuen Welt.»

«Ja, erzähl mir bitte weiter, ist ja spannend.»

«Dann verschwinden die anderen Menschen und auch die Engel sehe ich in diesem Moment nicht mehr. Dann wird es kurz dunkler, aber nicht beängstigend.

Jesus bleibt bei mir, er steht neben mir, seinen kräftigen Arm locker um meine Schultern gelegt.

Jetzt stehe ich unverhofft vor einer großen Leinwand, wie eine erleuchtete Kinoleinwand, darauf erscheint ein

Baby im Mutterleib. Sonst ist es rundum dunkel, auch im Hintergrund. Das Baby bin ich!

Jesus zeigt mir mein ganzes Leben in Sequenzen, der Reihe nach und ganz von Anfang an, schon vor meiner Geburt. Ich durchlebe diese Momente nochmals mit allen Emotionen und Gedanken, die ich damals verspürte – ja, sogar intensiver, als ich es selbst in jenem Moment wahrgenommen hatte.

Das Besondere daran: Diese Situationen werden mir auch aus dem Blickwinkel anderer Leute gezeigt, auch Kindheitserlebnisse. Einmal haben wir – dreizehnjährige Bengel – uns heulend und kreischend auf eine Mitschülerin gestürzt und sie auf der Straße vor uns hergetrieben. Ich sehe, wie ich die Gruppe dazu anfeuere, und empfinde das Ganze auch aus Sicht der Verfolgten. Wir waren Kinder, gerade Teenager geworden; aber Jesus scheint es wichtig genug zu sein, um es mich nochmals sehen und empfinden zu lassen, und dass ich mich selbst darin beurteile.

Er zeigt mir auch andere Situationen, die mir unwichtig gewesen waren oder selbstverständlich: wie ich Leute zum Kaffee einlade, wie ich einen schwierigen Kollegen anrufe und mich um ihn kümmere, weil er gerade selbstmordgefährdet ist.

Viele zwischenmenschliche Situationen schaut Jesus mit mir zusammen an, sie sind ihm alle sehr wichtig. Er verurteilt mich nicht; doch die Facts sprechen für sich. Manchmal bin ich überrascht, wie sehr ihn etwas freut, zum Beispiel, wenn ich zwischen meinen Geschwistern vermittelt und Frieden gestiftet hatte.

Die ‹großen› Ereignisse in meinem Leben werden mir nicht alle gezeigt, weder der Schulabschluss noch der Moment, in dem mir der Führerschein ausgehändigt wird. Was uns hier sehr wichtig ist, ist im Himmel oft gar nicht groß gewichtet – und umgekehrt: Mir fällt auf, dass für Jesus die Kinder sehr wichtig sind.

Beinahe hätte ich Jesus darauf hingewiesen, dass er einen großen Tag in meinem Leben ausgelassen hat: Ich habe meinen Job bekommen gegen rund achtzig Mitbewerber; ich war so stolz darauf, dass ich sie alle ausstechen konnte! Dann verstehe ich: Obschon Jesus alles an mir wichtig ist, weil er mich liebt, bewertet er vieles ganz anders, als wir es gewohnt sind. Für diesen Lebensrückblick ist es offensichtlich nicht so wichtig, dass ich im Job supergut abschneide!

Während ich diesen Film mit Szenen aus meinem Leben anschaue, wird mir klar, dass ich sehr viel Zeit verschwendet habe und oft gestresst war. Ich habe mich beeilt und auch andere gestresst, um mehr Freizeit zu haben – um dann viel Zeit zu verplempern mit stupidem Filmeschauen und Gamen! Ich kann stundenlang Filme schauen und denke, dass sie mich nicht beeinflussen können; das tun sie aber doch.

Erst jetzt, wo ich das Licht und die Liebe Gottes so hautnah erlebe, erst jetzt merke ich, wie sinnlos es ist, Gewalt und Negatives anzuschauen, und wie wir damit den Schöpfer von uns begabten vielschichtigen Menschen beleidigen.»

«Ach, Timo, ‹beleidigen› ist ein hartes Wort, das klingt mir zu krass; aber seit meinem Besuch im Paradies reflektiere ich das Thema ‹Filme schauen› auch bewusster.»

Timo ergänzt: «Ich konnte in einem Movie mitempfinden, wenn die Hauptperson einsam und unverstanden war, ja, ich konnte sogar eine Träne dazu verdrücken. Gleichzeitig war es mir oft egal, wenn gute Freunde von mir sich isoliert und einsam vorkamen.»

«Weißt du, Timo, erst dachte ich mir, ich könnte froh sein, dass ich selber noch nie einen solchen Lebensrückblick gehabt habe; aber nun habe ich den Eindruck, das wäre schon etwas Sinnvolles – auch für mich.»

«Es hat mich massiv verändert», nickt Timo.

Eine Weile schweigen wir beide, aber es ist uns nicht peinlich; es ist eher so, dass wir diese Zeit brauchen, um das Erzählte in unsere Seelen sinken zu lassen.

Als wir uns verabschieden, ist es schon dunkel. Die Enten und Schwäne haben ihre Köpfchen unter die Flügel gelegt und schwanken passiv auf der ruhigen Wasseroberfläche wie Bojen. Ein älterer Herr will sie noch füttern, aber ihr Interesse scheint gering zu sein.

Ich liebe die Natur hier am See und sehne mich gleichzeitig nach himmlischen Gewässern.

Bei einem weiteren Treffen hat Timo mir dann von seinem intensiven Erlebnis im Thronsaal erzählt; das habe ich ja schon vorweggenommen in Kapitel 17, «Timos Reise zum Thronsaal». Seine Reise dorthin, so megaschön diese auch war, hatte ein eher abruptes Ende genommen: Nachdem seine Schwester und einer der Engel ihm mitgeteilt hatten, dass er nicht bleiben könne, fand er sich unverzüglich wieder in seinen irdischen Körper zurückversetzt.

Timo schildert mir das so:

«Das lief dann rasant schnell ab, das alles: Flopp, und ich rutsche zurück in meinem halblebendigen Körper auf dem Operationstisch, ganz ohne Vorwarnung.

Mein Magen ist bereits wieder zusammengenäht und der Kreislauf stabilisiert sich recht schnell. Ich selbst bin völlig verwirrt und enttäuscht, wieder hier zu sein auf der Erde.

Die Leute im OP geben sich alle Mühe, mir die medizinischen Zwischenfälle zu verschweigen. Am nächsten Tag bei der Visite spreche ich den leitenden Chirurgen auf die Situation an und erkläre ihm, was ich alles mitbekommen habe während der Operation. Erst schiebt er die Verantwortung auf die Narkoseärztin; aber dann wiederhole ich ihm ein paar Wortfetzen, die er bei der Operation von sich gegeben hat. Jetzt wird er verlegen und meint, das habe er tatsächlich gesagt, aber das könne ich doch unmöglich direkt gehört haben.

Dass ich anschließend in den Nebenraum zu meiner Familie geschwebt bin und dann noch so einige Meilen weiter, das hab' ich ihm aber verschwiegen – nicht, ohne vor mich hinzusmilen:

Ich weiß, was ich weiß.»

23   Cécile möchte schlafen

Cécile kenne ich schon länger.

Sie ist nicht gerade eine enge Freundin, aber mögen tun wir uns schon. Unsere Wege kreuzen sich immer mal wieder, manchmal zufällig in der Stadt, manchmal dank einer kürzeren oder auch mal längeren WhatsApp-Textmessage. Wir folgen einander lose auf Instagram und liken ab und zu die Beiträge der jeweils anderen.

Sonst bewegt Cécile sich eher auf der wilden Seite des Lebens, sprich: «Party machen» ist bei ihr angesagt. Sie ist ja auch um die zehn Jahre jünger als ich; aber es ist wohl eher ihr unkritischer Drogenkonsum, der uns hat auseinanderdriften lassen.

Nun hat sie über eine gemeinsame Freundin erfahren, dass ich Berichte von Nahtod-Erlebnissen sammle, und mich erreicht eine etwas tiefgründigere WhatsApp, als ich es von ihr sonst gewohnt bin:

«Hey Sienna, bist mal wieder in der Stadt? Möchte dich gern treffen. Hab' viel zu berichten und würde dir gerne erzählen, was ich erlebt habe. Es geht um Gott, das Sterben, das Leben und vieles mehr. Ich habe gehört, dass dich das interessiert.» An ihre Message hat sie viele kleine Icons angehängt.

«Claro, gerne … wann und wo? Kommende Woche habe ich Zeit.» Cécile zuliebe hänge ich auch ein paar Smileys an.

In weiteren Messages erwähnt sie, dass sie ein Nahtod-Erlebnis hatte, was die meisten Freunde wie die Angehörigen und Verwandten aber nur ihrem gelegentlichen Drogenkonsum zuschreiben. Sie hingegen sei total überzeugt, dass sie etwas Reales und Dramatisches erlebt habe in jener verrückten Nacht.

In der Stadt möchte sie nicht darüber sprechen, sie kommt lieber zu mir nach Hause.

Es ist schön, Cécile wieder mal «in echt» zu sehen. Wir hatten beschlossen, miteinander etwas zu kochen; aber jetzt in der Küche stellen wir fest, dass heute ein Salat reicht, wir sind beide nicht wirklich hungrig.

Obschon seit dem letzten Mal viel passiert ist in unser beider Leben, kommt Cécile mir irgendwie vertrauter vor als bisher. Sie schmust sogar mit meiner Katze und schaut hinüber zur Sitzecke.

«Sienna, hast du dein Wohnzimmer neu möbliert?»

«Tja – neu wäre anders, aber vor rund einem Jahr habe ich diese Möbelchen gekauft und den alten Teppich rausgeschmissen, jetzt wirkt alles leichter. Aber erzähl mir von dir.»

Cécile lächelt verlegen, was mir ebenfalls neu vorkommt, da sie eine doch recht selbstsichere Persönlichkeit ist. Sie neigt ihren Kopf und fährt sich gedankenverloren durch die langen dunkelroten Haare. Bedächtig lässt sie sie durch ihre schmalen Finger gleiten, als wollte sie die Fronthaare in Grüppchen aufteilen. Dann wirft sie mit einem sanften sichelförmigen Kopfschwung das Haar wieder nach hinten.

«Du weißt ja schon, wie ich so Party mache. Besser gesagt, gemacht habe. Ich war mit Nick und Shulam zusammen. Nach einer Runde im Ausgang sind wir noch zu Nick nach Hause gegangen.»

Dann wird sie für ein paar Sekunden still. Es scheint mir, als sollte ich was fragen wegen der unerwarteten Stille, doch eigentlich möchte ich nichts fragen – außer vielleicht, wer denn diese Shulam sei, von ihr habe ich noch nie gehört. Nick kenne ich.

Dann, als müsste sie sich nochmals dazu entscheiden, sich mir anzuvertrauen, beschreibt Cécile mir, dass es eine eher übliche kleine Partynacht gewesen war, sie hätte es wohl etwas übertrieben und deshalb machte ihr Körper dann Probleme – was im Klartext heißt, dass sie in jener Nacht hätte sterben können. Ein nicht gut abgestimmter Drogenmix.

«Mir wurde schwindlig, vor meinen Augen drehte sich alles.

Und dann habe ich das Bewusstsein verloren. Ich hatte keine Zeit mehr zum Überlegen, ob ich nun wohl sterben würde oder was mit mir passieren könnte, so schnell war ich ‹weg vom Fenster›. Aber dann kam ich plötzlich wieder zu Bewusstsein. Nur anders; ganz anders. Ich erklär's dir:

Ich schlage sozusagen die Augen auf und begreife, dass ich mich im Dunkeln befinde. Schwebend. Ich kann kristallklar denken, doch ich habe keinen Körper! Ich weiß mit Gewissheit, dass ich ich bin. Dass ich klar denken kann, dass ich nicht am Träumen bin und dass ich ein Bewusstsein habe. Es ist, als würde ich nur noch aus meiner denkenden Seele bestehen.

Und nun – ganz allmählich – beginne ich zu denken, ich könnte vielleicht tot sein. Das freakt mich ordentlich und mein Puls steigt, ganz ohne, dass ich einen Herz-Puls hätte. Ich kann ja keinen Körper spüren, weder den meinen noch irgend sonst einen Körper. Das ist schon echt befremdend jetzt:

Meine Seele und mein Geist befinden sich in einer anderen Welt, einer anderen Dimension. Totenstill ist es hier und unangenehm dunkel. Schlafen geht nicht.

Warum tut Gott mir so was an? Naja, ich glaube ja eigentlich nicht an Gott; aber, wenn ich schon an einem so merkwürdigen Ort bin, dann hat Gott das wohl so gutgeheißen, falls er trotzdem existiert; und darum machen meine Gedanken ihm unentwegt Vorwürfe:

‹Wenn schon tot sein, dann wenigstens schön, bitte! Aber es gibt dich ja gar nicht, Gott.›

Hmm ... Ich bin verwirrt. Alles so ruhig hier, viel zu ruhig. Ich beschließe, aus diesem Zustand auszusteigen und hier wegzugehen. Und nichts passiert. Nochmals probiere ich es: einfach einschlafen – aber das funktioniert auch nicht. Ich kann es nicht ändern.

Ich fühle mich einsam, sehr einsam. Ich möchte schreien und kann nicht.

Was mir am meisten missfällt: Ich weiß glasklar, dass das hier Realität ist und kein Traum, kein Koma-Zustand und keine Halluzination, auch kein Drogentrip.

Hätte ich mich während meines Lebens doch mehr auf die Ewigkeit vorbereitet! Aber ich war ja immer eher ironisch bis sarkastisch betreffend das Leben nach dem Tod und ähnlichen Themen. Und zu sehr beschäftigt mit mir, meinem Aussehen, meiner Wirkung auf andere und meinem Erfolg.

Das realisiere ich hier in sehr schnellen Gedankengängen und Einsichten.

‹Warum kommen mir diese Einsichten denn erst jetzt?!›, frage ich mich selber.

Dunkel, dunkel, dunkel.

Nach sehr langer Zeit höre ich ein Räuspern. Es hört sich so an, wie wenn im selben Raum, in dem ich mich befinde, noch jemand anderes sich aufhalten würde; so versuche ich, mit dieser anderen Seele zu kommunizieren, aber es scheint nicht zu klappen. Genauso wenig, wie ich hier abhauen kann.

Nicht gut. Nicht gut! Gar nicht gut!

Nach dieser laaangen Zeit von Dunkelheit und Stehenbleiben beginne ich Gedanken zu hören von anderen Menschen, die sich ebenfalls mit mir in diesem «Jenseits-Raum» befinden. Sie alle haben sich zeitlebens wohl vor allem mit sich selbst beschäftigt – so wie ich.

Ihre Gedankengänge kommen mir jedenfalls bekannt vor, sie gleichen den meinen …

Mir scheint, dass diese Menschen sich in Endlosschlaufen befinden. Auf Gott und seine Gerechtigkeit sind sie gar nicht gut zu sprechen. Ich erfasse ihre Gedanken:

‹Du hast es so gewollt, du hast mich ja geschaffen. Ich finde, ich bin etwas Besonderes. Ich gehöre nicht hierher. Nicht mit diesen wertlosen anderen Wesen hier. Sind sie vielleicht so hübsch wie ich? – Wann kann ich meinen Körper wiederhaben? Ich will mein Gesicht sehen. Ich mag mich selber sehr, das ist doch gut, darin sollte mich hier jemand unterstützen. Ich will wieder auf andere Einfluss ausüben können, Macht haben über sie. Meine Community braucht mich und meine Inputs.›

Mehr und mehr höre ich die Gedanken von Verstorbenen hier in diesem großen finsteren Raum. Diese Gedanken gehen mir auf die Nerven, darum probiere ich, wegzukommen, mich irgendwie fortzubewegen. Das geht leider nicht.

Einsamkeit. Totale Isolation.

Immer noch eingebildet und stolz.

Selbstverwöhnt. Selbstverliebt.

Ich bekomme einen gewaltigen Schrecken: Bin ich hier in der Ewigkeit womöglich in einer ‹Abteilung› gelandet mit lauter jammernden Seelen? Wer hat da einen Fehler gemacht?

Nein, ich bin doch echt anders: Differenzierter, wohl auch spannender und erfolgreicher als diese armen Seelen hier!

Nach unzähligen stressigen Gedanken möchte ich gerne wegdämmern, einschlafen, wenigstens ein bisschen schlummern. Doch auch das scheint hier einfach nicht möglich zu sein.

‹Gott!›

Es hat lange gedauert, bis ich zu Gott rufen will. Aber im Moment sehe ich darin die einzige Möglichkeit, die eventuell Sinn ergeben könnte. Zögerlich zunächst nehme ich alle Kraft zusammen, die mir noch bleibt, und rufe nach Gott.

Langsam erkenne ich einen Nebel um mich herum, wo vorher alles noch stockdunkel war. Ein schimmernder, dichter Nebel, rechts oberhalb von mir wird er ein wenig heller.

‹Gooott!›, rufe ich nochmals.

In derselben Richtung wie zuvor wird es nun noch etwas heller an dieser Stelle über mir. Sind das die Umrisse einer Person, was ich dort erkenne?

Mehr und mehr zeigen die Umrisse dieser Lichtung, dass es tatsächlich eine erhellte Gestalt ist, die da in diesem Nebel etwas Licht in meine Dunkelheit bringt.

‹Wer bist du?›

‹Ich bin ein Engel, den Gott zu dir sendet, um dich zu trösten und dir etwas mitzuteilen.›

Bei dieser Botschaft des Engels kommt eine leise Wärme in mir hoch, ein Spürchen Hoffnung.

Dann habe ich tatsächlich mit dem Engel eine längere und sehr intime Konversation. Er hat mich nicht verurteilt; aber in seinem Licht wird mir vieles klar über mich, meine Werte, meine Prioritäten und wie ich meine Mitmenschen benutzt habe für meine Zwecke.

Erst im Licht dieses Engels wird mir bewusst, dass ich praktisch meine ganze Lebenszeit für Konsum und die eigene Befriedigung genutzt habe. Wem habe ich mal geholfen, wem habe ich echte Liebe weitergegeben? Wann habe ich versucht, mit Gott ins Reine zu kommen?

Hmm, gar nicht easy.

Dann verschwindet der Engel und mit ihm das Licht.

Erneut grenzenlose Dunkelheit und Einsamkeit. Große Traurigkeit macht sich in mir breit. Die Aussicht, so die ganze Ewigkeit zu verbringen, ist grässlich. Vage erinnere ich mich noch, dass mir mal jemand erzählt hat, es wäre für alle Menschen ganz toll, in der Ewigkeit, im Jenseits zu erwachen. Nicht für mich …

‹Gott, gib mir noch eine Chance!›, wimmere ich.

Im selben Augenblick finde ich mich wieder im Diesseits, in meinem irdischen Körper. Ich bin vom Erlebten noch ganz aufgewühlt und empfinde so etwas wie Scham. Was ich gerade erlebt habe, das werde ich keinem erzählen, das behalte ich schön für mich. Das muss ich erst einmal verarbeiten!

Ich bin ja eine sehr kritisch denkende Person und auf der analytischen Seite angesiedelt; aber in jenem Augenblick meines Wieder-Erwachens bin ich felsenfest sicher, dass ich diese Dunkelheit wirklich erlebt habe. Dass ich in einer anderen Dimension war, im Jenseits.

Für wie lange, ist mir unklar; aber es steht fest, dass ich dort war. Merkwürdigerweise empfinde ich Scham über das Erlebte, möchte aber einiges ändern in meinem Leben. Der Engel hat sehr liebevoll mit mir geredet; dabei war er aber klar und deutlich, was meine negative Lebenshaltung angeht. Als Mensch fühlte ich mich sogar geliebt; ich habe aber gleichzeitig erkannt, dass ich so nicht weitermachen sollte, dass ich vieles ändern muss.

Im Moment meines Aufwachens liege ich auf einer Couch im Zimmer meines besten Freundes Nick, im selben Raum, in dem ich ‹weggedriftet› war. Was ist eigentlich passiert?

Nick schläft auf einer anderen Couch neben mir. Auf den Clubtischchen stehen diverse Flaschen herum, erstaunlich ordentlich aufgestellt bilden diese kleinere und größere Flaschen-Inseln. Ein wenig weißer Staub da und dort verrät uns.

Partynacht eben.

Im offenen Raum nebenan schläft meine neue Freundin Shulam tief und fest. Leise schnärchelt sie vor sich hin, fast unwirklich mutet es an.

Was ist passiert hier?

Erst jetzt bemerke ich, dass im Korridor zwei Sanitäter in gelber Montur leise miteinander reden. Einer notiert fleißig etwas. Ich bin zu schwach, um aufzustehen, deshalb rufe ich sie zu mir:

‹Hallo, ich bin wach. Mein Name ist Cécile Dupont. Haben Sie mich gerettet?› Ich versuche, sie anzulächeln.

‹Wir haben einen Anruf bekommen, dass in dieser Wohnung hier eine Person kollabiert ist wegen Drogen- und Alkoholkonsums und dass die Person keinen Puls mehr aufweist. So sind wir mit Blaulicht angerückt. Sie sind haarscharf dem Tod entgangen!›

‹Wer hat Sie gerufen und wie sind Sie hier hereingekommen?›, frage ich die Sanitäter.

Der Schreiber meint:

‹Die Person am Telefon hat keinen Namen genannt, nur diese Adresse; und da die Türen nicht verschlossen waren und niemand auf unser Klingeln reagiert hat, sind wir hereingekommen.›

‹Und haben Sie reanimiert!›, ergänzt der andere, ‹plus Magen ausgepumpt. Das war schon recht wääck, was Sie da so alles geschluckt haben heute Nacht. Ihre Freunde haben wir schlafen lassen vorerst, da es bei Ihnen wirklich sehr eilig war. Wir brauchen aber die Personalien von allen dreien.›

Kurz überlege ich, wer denn da wohl telefoniert haben könnte und warum die beiden Türen offen waren; normalerweise halten wir die immer verschlossen. Und dann beginne ich hemmungslos zu heulen. Das ist alles zu viel für mich – die Erkenntnis, dass ich am Tod vorbeigeschrammt bin, vielleicht sogar kurz tot war. Und dass ich einen Besuch im Jenseits gemacht habe und dass der nicht easy war. Ich weine und weine und kann gar nicht aufhören. Die Sanitäter warten, meine Freunde schlafen und lassen sich von der Unruhe nicht stören.

Ja, das war schon eine filmreife Szene, aber echt.»

Cécile sitzt immer noch in meiner Küche. Mit dem Salat ist es nicht weit her, schon bald haben wir beide unsere Schneidmesser hingelegt. Ich habe mich so in ihre Erzählung vertieft, dass ich mich selber fühle wie einer der Sanitäter.

Ich kann es nicht fassen:

«Also, Cécile, die Sanitäter waren in dieser Wohnung, sie haben dich reanimiert – und deine Freunde haben daneben einfach weitergeschlafen?»

«Ja, die zwei Gelbwesten hatten wohl genug Drama mit mir; darum kamen sie gar nicht dazu, die anderen zu wecken. Und ich musste zuerst verarbeiten, was ich erlebt hatte, darum ließ ich die anderen erst mal weiterschlafen.»

«Also, ich glaube dir, dass du mindestens halb tot warst und dass dein Erleben im Jenseits real war – und ist.»

Nun beginnt Cécile zu schluchzen, erst unterdrückt leise und dann heftiger. Ihre schmalen Schultern beben. Ich schließe sie fest in die Arme und folge meinem Freundinnen Instinkt, dabei kenne ich sie eigentlich nicht gut genug für eine so feste Umarmung. Wir wiegen uns hin und her, meine Schulter leicht feucht von ihren Tränen.

«Niemand glaubt mir. Niemand checkt, was da passiert ist mit meiner Seele.»

Sachte beginne ich, ihr einiges von der Ewigkeit zu erklären – und so, wie sich für mich ein Puzzleteil ans andere fügt, so beginnt auch für Cécile vieles nun einen Sinn zu ergeben:

«Es gibt in der Ewigkeit verschiedene Räume. Einige davon sind nicht in Gottes Freude und Gegenwart», meine ich nachdenklich.

Cécile gibt zu bedenken, dass sie Gott doch gar nie nahe sein wollte, seine Existenz eher negiert hatte – und dass er ihr ihren Willen lasse.

«Ich habe Gott oder Jesus dort nicht getroffen; die helle Gestalt war wohl ein Engel. Auch ihn konnte ich nicht so genau sehen, wie du, Sienna, mir die Engel beschreibst, die du gesehen hast. Es war eine Lichtgestalt, umgeben von Nebelwolken; ich habe sie nur undeutlich gesehen. Aber es passt zusammen.

Die Gestalt sprach deutlich, liebevoll, weise und recht bestimmt, nicht zaudernd oder beeinflussbar. Sie hat mich vielmehr belehrt, sehr belehrt sogar! Das habe ich wohl gebraucht. Aber die zeit- und konturlose Dunkelheit, die ich erlebt habe, die war schrecklich.»

«Wie ging es dir in der Zeit danach?»

«Nach ein paar Wochen habe ich das Erlebnis doch verdrängt. Meine engsten Freunde wollten es mir ausreden; sie sagten, das wäre nur ein Traum gewesen oder eben im Delirium. Keiner hat es als real existierend akzeptiert. Also hab ich's zur Seite gestellt.

Aber eines hat sich sofort verändert in meinem Leben: Null Drugs, null Alkohol! Seltsamerweise hat mich das keine große Anstrengung gekostet. Ich verspüre eine leise Zuversicht – und in den letzten Tagen habe ich begonnen, mich mit diversem Gott-Zeugs zu beschäftigen.»

«Gott Zeugs?» Ich lache, die Stimmung hellt sich etwas auf.

«Ja, ich höre so christliche Podcasts und hab mir ein paar Bücher zum Thema bestellt. Und dich kontaktiert», erklärt mir Cécile.

Gemeinsam lachen wir ihre letzten Tränen weg und merken beide, dass eine tiefere Freundschaft beginnt.

Unseren Salat schnipseln wir dann doch noch, so nach dem Motto «Hunger ist der beste Koch»: Eier, Mangos, Avocados, Pekannüsse, Reste von gekochten Süßkartoffeln und, und …

Während wir unseren kreativen Mixsalat essen, taut Cécile merklich auf. Sie erzählt noch weitere Details von ihrem nicht einfachen Nahtoderlebnis und das bis weit in die Nachtstunden hinein.

«Übernachte doch grad hier, das Gästezimmer ist eh immer ready für Überraschungsgäste.»

Dankbar nimmt sie an.

24   Azul am Verdursten

In den folgenden Tagen und Wochen pflege ich regen Austausch mit Cécile. Sie versucht, sich einen anderen Freundeskreis aufzubauen; ich habe sie verlinkt mit Bekannten von mir. Meistens plaudern wir ja via WhatsApp. Sie ist etwas unsicher, ob sie ihren Nebenjob als Influencerin aufgeben soll; neulich habe ich ihr geraten, in eine neue, andere Richtung zu «influencen». Ich bestärke sie auch darin, dass sie das in der Ewigkeit real erlebt hat.

Inzwischen sind wir eng verbunden und ich kann mich bei ihr melden, wenn es mir mal nicht so gut geht oder mich etwas genervt hat.

Das ist schön.

Ein paar Monate nach meinem letzten Treffen mit Timo ruft er mich an:

«Sienna!»

«Ja, hallo, wie geht's denn so?»

«Alles bestens… Wenn es dich interessiert, dann könnte ich dir jemanden vorstellen, der ein Nahtoderlebnis gehabt hat. Er sagt, er wäre für kurze Zeit im Paradies gewesen.»

«Das würde mich sehr interessieren, wie du wohl annehmen kannst.»

«Diese Person hat eher negative Erfahrungen gemacht beim Erzählen, er wurde daraufhin gemobbt und dadurch ist er etwas zurückhaltender geworden. Aber ich frage ihn mal, ob er mit dir reden mag. Oder besser gesagt, ich frage zuerst seine Eltern.»

«Ein Kind?»

«Naja, ein Teenager, vierzehn Jahre alt. Aber es wirkt überzeugend, wenn er davon erzählt.»

«Hat er das Erlebnis auch bei einer Operation gehabt, so wie du?»

«Nein, er ging verloren in der Wüste, das war auf einer Urlaubsreise in Botswana. Er ist beinahe verdurstet und hat dann einiges erlebt, während sein Körper wohl ums Überleben gekämpft hat. Seine Eltern sind mit meinen Eltern befreundet.»

«Okay, ich würde ihn mega-gerne treffen.»

Azul Kabelo heißt der Junge; und kurz darauf habe ich es tatsächlich geschafft, ihn in seinem Zuhause zu treffen. Zwei Autostunden Reise in die Westschweiz – für uns Schweizer eine lange Fahrt. Naja, geschafft ist geschafft!

Das Vorgespräch mit seinen Eltern war ausführlich, sie nahmen mich geradezu ins Kreuzverhör am Telefon. Sie wollten sicherstellen, dass ich keine kommerziellen Absichten hege und auch nicht ein schlechter

Mensch bin oder vielleicht sein könnte. Lach. Aber ja, ich versteh das und es ist ja ganz richtig, dass Eltern ihre Kinder schützen wollen vor Unangenehmem, sage ich zu mir selbst.

Nun bin ich also da und klingle an der Haustür eines verwunschen wirkenden Häuschens irgendwo zwischen Bern und Neuchâtel.

«Hallo, Sie sind Sienna?»

Das muss Azuls Mutter sein. Sie hat einen afrikanischen Einschlag, spricht jedoch in klarem Schweizerdeutsch.

«Ja, guten Tag. Endlich habe ich es geschafft, zu Euch zu kommen.»

Ich trete ein. Ein etwas unkonformer Haushalt tut sich auf: Kunst in verschiedenen Ecken, halbfertige Bilder an Wände gelehnt. Ein runder Sessel mit Flechtrand, in den Tropen nennt man den «Papasan» oder so ähnlich. Große Traumfänger-Ringe, bestückt mit Federchen und farbigen Steinchen, flattern im Wind auf der eher chaotisch vollgestellten Terrasse, dort lagern nebst spirituell anmutenden Gegenständen auch einige Säcke und Stapel Recyclingmaterial. Die Innenwände des Häuschens sind in kräftigen Farben gestrichen, im Stil «selbst gebastelt». Aber gemütlich ist es hier, das muss man der Familie lassen.

«Einen Kaffee für Sie?»

«Rooibos-Tee, wenn Sie haben.»

«Ja, wer Afrika mag, hat immer Rooibos-Tee im Haus», lacht Azuls Mutter. Sie schafft es sofort, dass ich mich hier wohlfühle.

Während es in der Küche klappert, mustere ich möglichst unauffällig die zahlreichen Fotografien, die ohne erkennbare Ordnung und ohne Rahmen an die Wände gepinnt sind.

«Ist das Azul?» Auf mehreren Fotos sehe ich denselben schwarzgelockten Jungen, er wirkt wie ein Teenie.

«Jaaa. Leider ist er noch nicht zu Hause. Aber seien Sie nicht enttäuscht, er wird bald hier sein.»

Ich versuche meine Enttäuschung etwas zu verbergen. Schade! Hoffentlich kommt er noch. Oder wollen seine Eltern nicht, dass ich mit ihm rede?

«Timo hat erwähnt, dass Azul schlechte Erfahrungen gemacht hat, als er anderen von seinem Erlebnis im Himmel erzählte.»

«Er kommt zurecht damit – inzwischen. Er ist ein robuster Junge, hat sich eigentlich nie für Metaphysisches interessiert. Er ist aber so unglaublich begeistert von dem, was er erlebt hat während diesem ‹Wüsten-Unfall›, dass er inzwischen selbst immer wieder mal davon zu erzählen beginnt.»

«War es denn ein Unfall?»

«Das kann man eigentlich nicht sagen, ich habe mich unpräzise ausgedrückt. Er hat sich in der Steppe verlaufen. Ja, man könnte auch sagen, dass wir ihn verloren haben auf unserer Reise durch die botswanische Kalahari; es war dumm von uns, ihm die Fahrt mit dieser

Quads-Tour zu erlauben. Natürlich haben wir uns Vorwürfe gemacht; aber als er dann nach drei Tagen gefunden wurde, waren wir alle einfach nur noch dankbar und glücklich. Die Ranger haben ihm sofort Wasser gegeben und danach hat er gestrahlt und gestrahlt. Wir dachten, es sei die Freude über seine Rettung, aber dann begann er zu erzählen.»

«Was hat er denn erzählt?»

«Dass er viele Engel getroffen hat, dass die ihn getragen und beschützt haben, sie hätten ihm sogar zu trinken gegeben. Und dass er einen ‹Licht-Mann› traf, der hat ihn anscheinend sehr begeistert. Er sagt, das müsse Jesus gewesen sein. Wir haben da so unsere Zweifel, wir selbst sind nicht christlich und haben ihn auch nicht so erzogen. Erst dachten wir, es sei die Dehydrierung gewesen, sie habe im Hirn gewisse Bilder erzeugt.»

«Was meinten die Ärzte?»

«Ja, danach wurde er untersucht; die Polizei vor Ort bestand darauf. Im Befund heißt es, er sei in bester Verfassung gewesen, als hätte er diese drei schrecklichen Tage hindurch ganz normal gegessen und getrunken.»

«Hey, Mam, da übertreibst du mal wieder. Mach keinen Krimi draus!»

Hinter uns steht ein schlaksiger Junge: Azul.

Für seine vierzehn Jahre sieht er schon recht reif aus, ich hätte ihn auf fünfzehn oder sechzehn geschätzt. Er scheint mindestens halb afrikanisch zu sein – worauf er stolz ist, wie ich später erfahre. Wir begrüßen uns;

nebenbei schlürfe ich meinen Tee, um unaufgeregt zu wirken.

Wir scheinen uns zu mögen. Er hat ein wunderschönes Lächeln, es lässt seine Zähne schneeweiß hervorblitzen und bereichert seine Präsenz mit einer gewissen Faszination. Und ja, er hat Lust, mir einiges zu erzählen von seiner Zeit allein im Busch der Kalahari-Steppe in Botswana.

Ich bin gespannt!

25 Azul sieht Blau

Azuls Mutter teilt uns mit, sie habe noch zu tun und könne uns sicher eine Weile allein lassen. Wir finden das beide ganz okay.

«Wie konntest du denn verloren gehen in eurem Urlaub?»

«Nach den tagelangen Safaris und Mams langweiligen Achtsamkeitsübungen wollte ich etwas Cooles unternehmen und meine Eltern erlaubten mir eine Quads-Tour. Das klappte auch – ich konnte mit einer Gruppe von Jungs und zwei Mädchen auf Tour gehen.

In einem hügeligen Gelände bin ich dann von der Route abgekommen; die Guides haben das zuerst gar nicht bemerkt. Ich fand es die erste Zeit noch recht chilled, so allein; doch dann hat der Motor gestreikt und ich bekam Angst, dass die mich nicht finden, bevor es dunkel wird. Darum bin ich von meinem Fahrzeug weggegangen. Ich war mir sicher, dass ich die Richtung einschätzen kann und gut zurückfinde zur Lodge.

Dem war leider nicht so.

Ich fand weder zur Gruppe zurück noch zu unserer Lodge, keine Behausung oder ähnliches weit und breit! Die erste und die zweite Nacht habe ich im Gestrüpp allein verbracht. Tagsüber sengende Hitze und nirgends Wasser oder Essen! Am dritten Abend, also nach beinahe drei Tagen allein, muss ich weggedöst sein.

Und dann passierte es.»

«Was denn?», frage ich etwas einfallslos, aber neugierig.

«Mein Körper hat vielleicht auf Überlebensmodus gestellt. Erst sah ich alles nur noch verschwommen um mich herum. Dann bin ich ohnmächtig geworden, vielleicht war ich kurz tot, das kann im Nachhinein niemand mehr sicher beweisen. Jedenfalls war es, wie wenn ich in einer anderen Welt aufwachte, in einer anderen Realität.»

«Erzähl mir das genau, wenn du magst.»

«Mach ich ja», grinst Azul sein charmantes Lachen. «Also, ich befinde mich plötzlich in einer anderen Welt, alles um mich herum ist hell und grün und blau. Superblau!

Ich liege auf einem weichen Rasenboden. Erst etwas später bemerke ich, dass es so lebendige feine intensivgrüne Grashälmchen sind. Ich liege ja auf dem Rücken und sehe über mir einen kristallklaren, wunderschön blauen Himmel. Solch ein Blau gibt es auf der Erde definitiv nicht. Nicht dieses knisternde Blau!»

«Es hat geknistert?»

«Nein, nicht akustisch, aber optisch schon. – Und in dem Moment, in dem ich meine Augen aufschlage, schaue ich in Gesichter über mir.

Engelsgesichter!»

Gerade will ich Azul fragen, ob die Engel weiblich oder eher männlich aussahen, welche Kleidung sie trugen und ob ihre Augen besonders waren und was sie denn so sagten. Keine gute Idee, sage ich in Gedanken zu mir selbst und schaue Azul nur aufmunternd an.

«Du glaubst mir das?», fragt Azul.

«Ja.»

«Und dann haben diese Engel mich sacht aufgehoben. Bei ihrer Berührung verspüre ich eine nie gekannte Energie, die da zu mir fließt. Mega-angenehm ist das!

Die Engel bilden einen Kreis und heben mich dann mühelos etwa auf Schulterhöhe hoch. Mir ist so enorm wohl in dieser Position, dass ich gar nicht daran denke, dass ich mich vielleicht in ihren Armen aufsetzen sollte. Ich liege also da – so horizontal – in diesen kräftigen Engelsarmen und genieße es, seelisch Energie zu tanken. Dann reicht mir einer der Engel ein großes Glas, es leuchtet wunderbar.

Daraus habe ich getrunken und getrunken – sicher mehr, als in das Glas hineinpasst. Gefühlte zehn Liter! Und das liegend, was sonst kaum klappt.

Nun setze ich mich auf. Der Engel, der mir das Glas gegeben hat, schaut mir tief in die Augen. Dann bemerke ich, dass er schwarze Locken hat, so, wie ich sie habe, mittellang, und glänzende dunkle bronzefarbige Haut, darüber ein weißes lichtdurchflutetes Gewand. Die anderen Engel tragen eher normale westliche Kleidung; dieser Hauptengel jedoch trägt ein weißes halblanges Kleid – wie eine Tunika. Er wirkt eher gediegen oder wie man das nennen kann. Und um die Tunika einen breiten farbigen gewobenen Gürtel.

Ich habe das Gefühl, dass wir uns schon begegnet sind, früher mal. Zu diesem Zeitpunkt weiß ich noch nichts davon, dass es so etwas wie eigene Engel gibt, die einen überallhin begleiten. Das haben mir meine Eltern nie erklärt, sie glauben das ja nicht.»

«Meinst du, dass das dein Schutzengel war?»

«Ja, mit Sicherheit. Er hat dann angefangen, mit mir zu reden. Daran habe ich gemerkt, dass er mich sehr gut kennt.»

«Den eigenen Schutzengel kennenzulernen ist schon …»

Azul fällt mir begeistert ins Wort (ja, ja, diese Jugend!):

«Er war seelisch und optisch ein wenig wie ich. Viele Leute sagen ja, Engel seien androgyn – männlich und weiblich in einem. Also, dieser Engel schien mir sehr männlich. Ich denke, er ist älter als ich; und er war superfreundlich zu mir.

Das Wasser, das ich zu trinken bekam, hatte eine ganz besondere Wirkung – es hat mich seelisch und geistig belebt. Erst später habe ich erfahren, dass es mich auch körperlich wiederhergestellt hat; denn die

Mediziner konnten bei mir keine Dehydrierung fest-
stellen, obwohl ich drei Tage lang keine irdische Flüs-
sigkeit zu mir genommen hatte; und im Buschland war
es irre heiß.»

26 Galaxien

Azul, Timo hat angedeutet, dass du mit den Engeln noch mehr erlebt hast.»

«Ja, das war krass. Ich probiere mal, es dir zu beschreiben, auch wenn Menschenworte einfach nicht ausreichen, das zu erzählen, was ich erlebt habe.

Die Engelsgruppe ist mir dort begegnet, wo ich ohnmächtig geworden bin und beinahe gestorben wäre, also auf der Anhöhe neben den Büschen, wo ich auch übernachtet hatte.

Ich bin dort also plötzlich auf einer voll grünen Rasenwiese, nicht wie das Grasland in Botswana, sondern richtig gepflegt, faszinierend! Und da sind diese Engel um mich herum.

Dann fragt mich mein Hauptengel – oder Schutzengel, wie du das nennst –, ob ich mitkommen möchte und etwas sehen mag vom Himmel.

‹Bin ich dann für immer tot, wenn ich mit euch komme?›, frage ich aufgeregt, aber ohne Angst.

‹Nein, hier stirbst du nicht. Wir sind gekommen, um dich zu stärken; und du bekommst die Möglichkeit, einiges zu erleben – in einer anderen Welt!›

Das sagt der Engel ziemlich pathetisch, fast altmodisch. Also, er gebraucht auch Wörter aus meiner Jugendsprache, wenn er mit mir redet; aber jedes Wort, das er wählt, ist sehr rein und eindeutig. Dabei ist er freundlich und verständnisvoll. Und wissend.

‹Ich möchte alles sehen, was ihr mir zeigen wollt.›

Am Anfang waren es acht Engel, die um mich herumstanden, vielleicht auch zehn. Aber nun, nachdem ich dieses Lebenswasser getrunken habe, bemerke ich, dass nur noch drei Engel da sind, die halten mich aber immer noch auf ihren Händen und Armen.

Mit einem Ruck schwingen wir uns nun in die Höhe. Kraftvoll haben sie mich hochkatapultiert und kommen sofort nach.

Ich kann selbstständig aufrecht sein, ja, fliegen! Krass! Hätte ich so was auf der Erde erlebt, dann hätte ich geflucht vor Freude und ungläubiger Begeisterung, so was wie ‹holy sh…t› oder so. Hier merke ich aber intuitiv, dass Fluchen nicht angesagt ist. Meine Gedanken sind immer noch eindeutig meine Gedanken, aber es hat sich einiges verändert:

Ich denke klarer. Ich denke schneller, auch reiner. Ich kann komplexere Vorgänge und Zusammenhänge verstehen.

So fliegen wir nun zu viert durch die Luft und entfernen uns immer weiter von der Erde weg. Es macht

Spaß. In meinen Gedanken habe ich ein riesiges Fragezeichen, warum denn gerade ich so was erleben darf.

Dass ich dies echt und real erlebe, bezweifle ich nicht im Geringsten.

‹Schau zurück!›, motiviert mich einer der Begleitengel.

Wooow – was sehe ich: Die Erde als Planeten in ihren wunderschönen bläulichen Farben! Ich sehe sie, wie ein Astronaut sie sehen kann, aber ohne Glasscheibe zwischen mir und der Erde, wie das in einer Rakete wäre.

Wir fliegen weiter. Meine Seele kann atmen, am Körper spüre ich den Speed nicht und doch merke ich klar, dass wir uns in enorm großer Geschwindigkeit fortbewegen, weg vom Planeten Erde.

Wir fliegen vorbei an Himmelskörpern, in der Ferne sehe ich ganze Galaxien in mega Formationen und so Spiralnebel oder so was ähnliches. Einfach viele, viele Sterne!

Mir wird klar: Das ist das Werk von Gott.

Mir fehlen die Worte dafür. Ich bin einfach restlos happy, dass ich so was erlebe.

Konzentriert schauen die Engel nach vorne. Ich wende meinen Blick ab von den diversen Galaxien und fokussiere mich ebenfalls auf das, was vor uns liegt: ein Planet, der so anders aussieht als die Sterne, an denen wir soeben vorbeigeflogen sind – mehr Licht, mehr Größe und mehr Glitzern.

Die Engel lachen glücklich. Sie scheinen stolz darauf zu sein, dass sie mir diesen Ort zeigen dürfen; es macht ihnen Spaß, mich damit zu überraschen.

Hmm…

Die Außenseite des Planeten ist in Wolkennebel gehüllt, von Weitem schaue ich auf Teile dieser anderen Welt: Berglandschaften, Seen und Meere, große Wälder, Herden von Tieren – und mittendrin eine immense goldglänzende Stadt.

Der schwarzgelockte Engel bremst scharf ab und die anderen beiden tun es ihm gleich.

Nun Stillstand im Nirgendwo.

Die Engel haben angehalten, um mit mir zu reden; sie wollen mir einiges erklären – zu meinem noch jungen Leben, aber auch zu dieser heilen Welt hier vor uns. ‹Vor uns›, in diesen Dimensionen heißt das: in so etwa vierzigtausend Kilometern Entfernung.

‹Wir haben dafür gesorgt, dass du nicht stirbst in der Steppe, wo du gelegen hast. Wir waren immer bei dir. Gott hat uns gesagt, dass du leben sollst. Er will dich segnen in deinem Leben und er will dir guten Einfluss geben auf das Leben vieler junger Menschen – zu Hause in der Schweiz, aber auch in Afrika. Schau, dass du dich erneuern lässt von Jesus.›

‹Wie soll das gehen? Ich weiß kaum etwas von ihm.›

‹Später wirst du es verstehen.›

Dann sehe ich doch tatsächlich Jesus, gar nicht weit weg von uns! Er hat mir zugelacht und in dem Moment wusste ich, dass er mich total liebt und dass er alles weiß von mir. Dass er nicht alles toll findet, was ich bis jetzt so in meinem Leben gemacht habe, und dass er sich freut auf eine Freundschaft mit mir.

Ja, tatsächlich: Freundschaft!

Nun kommt er noch etwas näher zu mir her. Er blickt mir in die Augen und spricht mit mir über mein Leben und wie viel ich ihm bedeute.

Ich fühle mich, als würde in mir neues Leben sprießen.

Dann sage ich zu Jesus einfach ‹Ja›.

In diesem Moment ist alles weg: Jesus, die Engel, die Sicht auf den Planeten ‹Paradies› ... alles, flutsch, weg.

Und ich wache auf, weil jemand an mir rüttelt.

Ich bin wieder in der botswanischen Steppe, liege neben meinem grässlichen Dornbusch.

Es sind bewaffnete Ranger, sie haben mich gesucht und sind jetzt beinahe erstaunt über ihren Erfolgsfund: mich!

‹*Dumela! Dumela! Le kae?* – Hallo, hallo, wie geht es dir?›

In gebrochenem Englisch sagen sie mir, ich hätte großes Glück gehabt, dass sie mich gefunden haben, und ganz in der Nähe hätten sie mehrere Hyänen gesichtet. Die hätten alle in dieselbe Richtung gestarrt und darum hätten sie, die Ranger, mich gefunden. Freudig geben sie mir frisches Wasser und können es kaum fassen, dass ich nicht durstiger bin, ich trinke nur ein paar Schlucke.

Ich will ihnen unbedingt erklären, was mir gerade passiert ist – auf Englisch versuche ich, von Engeln und Galaxien zu reden.

Aber sie antworten nur lapidar:

‹Boy! Yes, yes, it was very hot here, too hot for you …› – es sei einfach zu heiß gewesen.

Na gut, ich beschließe, mir noch etwas Zeit zu lassen und erst einmal zu verarbeiten, was ich da gerade erlebt habe. Und ich freue mich riesig, bald meine Mam und meinen Vater zu sehen.»

«Azul, ist dir immer im Gedächtnis geblieben, was du in dieser Zeit erlebt hast, oder ist dir einiges erst später wieder in die Erinnerung gekommen?», frage ich ihn, ganz berührt von seinem Erlebnis dort im Busch.

«Ich wusste so im Großen und Ganzen, dass ich an einem Ort war, der unsere Schranken hier auf dem Planeten Erde durchbricht, in einer anderen Welt, einer anderen Dimension. Ich habe natürlich auch Dinge gesehen, die wir auch von hier aus sehen können – Sterne, Galaxien … Aber körperlich und geistig war ich in einer anderen Welt.

Ich glaube, dass ich kurz gestorben war und meine Seele sich aus meinem Körper hier herausgelöst hatte, so habe ich es erlebt. Manche Details waren mir tatsächlich erst ein wenig später ganz klar. Ich weiß aber, dass diese Erinnerungen echt sind und dass mir das alles wirklich passiert ist.»

Ganz schön reif für sein Alter, denke ich – oder hat dieses Erlebnis ihn so stark reifen lassen?

«Ja, ich bin schon recht reif geworden durch diese Reise ins All», erläutert Azul, als könnte er meine Gedanken lesen. «Auch meine Ausdrucksweise hat sich seitdem verändert.»

Bei einigen Menschen, wenn sie eine besonders krasse NTE hatten, bleiben gewisse Fähigkeiten zurück – zum Beispiel, dass sie die Gedanken anderer Leute hören; das gefällt nicht allen. Manche sehen ab und zu Geistwesen, die uns zeitweise umgeben können. Auch nicht immer erwünscht! Oft nehmen diese Fähigkeiten mit der Zeit wieder ab oder sie verschwinden ganz.

Azul jedenfalls zeigt eindeutig eine Reife und die Fähigkeit zu komplexen Gedanken, wie sie für einen Jungen seines Alters ungewöhnlich sind.

«Meine Mutter war total happy, dass ich lebe und dass sie mich wieder bei sich hat. Dann habe ich begonnen zu erzählen, was mir passiert ist – natürlich glaubte sie mir das nicht. Mein Vater war weniger kritisch, er blieb eher stumm.

Ich habe dann mit meiner Mutter argumentiert, dass sie selber ja auch so ein paar schräge Sachen glaubt, an die Kraft ihrer ‹Traumfänger› und ähnliches. ‹Ist was anderes›, meinte sie darauf und ich dann: ‹Ja, es ist wirklich was ganz anderes, was ich erlebt habe.›

Ich zweifle keine Sekunde daran, dass ich das echt erlebt habe. Ich bin noch sehr jung, aber es hat mich verändert.

Meistens habe ich so ein glucksiges Gefühl in mir, vor allem, wenn ich an den Moment denke, in dem ich Jesus begegnet bin. Dieser Moment hat mich verändert und mir einen Friedenszustand gegeben. Schwer zu beschreiben! Er ist eben unvergleichlich mit allem anderen – man kann Jesus auch nicht mit Engeln vergleichen, er ist eine ganz andere Liga.»

Azul lächelt schräg und etwas unbeholfen. Es nervt ihn, dass er keine besseren Worte findet.

«Ich verstehe, von was du redest. Mir ging es gleich.»

«Whaaaat, du hast auch so was erlebt?», quietscht Azul, der eigentlich eine tiefe Jungenstimme hat, vielleicht ist er schon im Stimmbruch.

«Ja, ich kann's dir mal erzählen. Aber jetzt geht es mehr um dich und dein Erlebnis.»

Azul erzählt mir noch einiges von seiner Reise in die Ewigkeit, dabei wirkt er entspannt. Ich bin wohl eine Ausnahme von seinen sonstigen Zuhörern: Ich glaube ihm, dass er das echt erlebt hat und dass diese vermeintlich «schrägen» Dinge Realität sind.

Jetzt kommt Azuls Mutter ins Wohnzimmer. Ich finde es cool, dass sie uns so viel Raum und Zeit gegeben hat, sie ist eine großartige Frau!

Als sie bemerkt, dass ich Azul alles glaube, was er an Erlebtem schildert, wundert sie sich, zuckt ein wenig mit den Schultern und zeigt mir höflich, dass ich jetzt gehen sollte:

«Es ist ja gut, dass Azul Leute trifft, die auf seiner Wellenlänge sind. Gleichaltrige wollten ihn schon mobben wegen seiner Erlebnisse, die er ab und zu weitererzählt. Ihr Verständnis hilft ihm sicher, das alles zu verarbeiten.»

«Ich brauche keine psychologische Hilfe, Mam.»

«Komm mal zu mir auf Besuch, dann erzähle ich dir meine Geschichte», ermuntere ich Azul, bevor ich sein Zuhause verlasse; «und danke für den guten Tee!» ist mein Tschüss an die Mutter.

Auf dem Heimweg kommt in mir Freude auf – nicht nur über das, was ich von Azul gehört habe; es freut mich auch außerordentlich, dass ein so junger Mensch mir das mitgeteilt hat.

Einige Zeit später sinniere ich über die vergangenen Jahre: Ich selber habe Wunderbares erlebt. Azul, Cécile und Timo ebenso. Wie werden sie damit umgehen? Wie tiefgründig wird das Erlebte *mich* verändern? Ich empfinde mich als die Gleiche wie zuvor und doch hat dieses Jenseitserlebnis einige Gewissheiten erschüttert und andere Gewissheiten hat es für mich neu definiert. Der Kontakt zu Menschen, die auch etwas in dieser Richtung erlebt haben, tut mir gut und beflügelt mich, diese Geschichten festzuhalten.

Und immer noch ist da die unbändige Sehnsucht nach «dort». An manchen Tagen ist das Gefühl der Anziehung so stark, dass ich darunter leide; an anderen Tagen überwältigt mich die Freude darüber, dass ich so etwas Krasses erleben konnte. Und es gibt auch Tage, da bin ich hier sowas von verloren, dass ich kaum weiß, was ich mit mir anfangen soll oder mit wem ich reden könnte, ohne Probleme zu ernten.

Durch alle Höhen und Tiefen trägt mich die Liebe und Annahme Gottes und ein Friede, der all die aufgewühlten Gedankenwellen zu glätten vermag.

Danke!

P   Thema: Der Mensch auf der Erde und in der Ewigkeit

Der Mensch auf der Erde

Der Mensch besteht aus Geist, Seele und Körper – das ist das Besondere am Menschen. Diese drei Bereiche sind miteinander verwoben; wo sich die Schnittstellen (Übergänge) dieser drei Bereiche befinden und was man in die einzelnen Begriffe hineininterpretiert, darüber sind sich die Experten nicht einig, vor allem, was Geist und Seele angeht.

Ich sehe es so: Hier auf der Erde, wenn ich zum Beispiel einen Gedanken habe, sind alle drei Ebenen, alle drei Teilbereiche des Menschen involviert und aktiv.

Jeder Gedanke betrifft sowohl den Körper als auch den Geist und natürlich seine Seele. Eine körperliche Reaktion sind z. B.. Hirnströme oder Hormonausschüttungen. Zum Geist gehören Gedankengänge, Entscheidungswille und Ich-Bewusstsein. Obschon diese sehr mit dem Physischen verbunden sind, ist es doch ein Teil dessen, was den Menschen als Ganzes ausmacht.

Die Seele ist mehr, als man meistens annimmt: Sie ist das Wesen, das eigentliche «Ich» und in Gottes Augen hat sie Ewigkeitswert; denn er hat in jede Menschenseele einen Teil seiner selbst hineingelegt. Trotzdem sind wir aber eindeutig Geschöpfe, wir sind nicht der Schöpfergott selber.

In diesem tiefen Geheimnis, dass jeder Mensch ein echtes Stückchen von Gott in sich trägt, also eine Göttlichkeit, in diesem tiefen Geheimnis liegt der Ewigkeitswert eines jeden Menschen.

Wir sind von Gott geschaffen und er hat in den Menschen etwas von seinem Geist gegeben, hat ihn «angehaucht». – Hat demnach jeder Mensch, schon jeder Embryo, ein Stückchen von Gott in sich? Ich denke: Ja!

Der Mensch im Himmel

Auch in der Ewigkeit besteht der Mensch aus Geist, Seele und Körper.

Wie kann das sein?

Ein Mensch, eine Persönlichkeit, eine Seele besteht in der Ewigkeit weiter als diese «Ich-Person», und zwar endlos, ewig – das ist nicht leicht zu fassen.

In unserer Kultur wird das «Ich-Empfinden», also das Bewusstsein seiner selbst, eng an die Hirnfunktionen geknüpft. Viel von unserem Denken über die eigene Persönlichkeit ist geprägt von Erkenntnissen der Naturwissenschaft und die stützen sich auf physisch-natürlich messbare Daten – also auf Materie, und daraus besteht unser Hirn ja letztes Endes. Ist mein Hirn einmal verwest, dann ist nichts mehr davon übrig außer ein Häufchen Kompost oder Asche; und ist durch Verwesung oder Verbrennung auch der Rest des Körpers abgebaut, gibt es den Menschen als Materie nicht mehr: Er ist vergangen, weg.

Aber die Information, die im Hirn gespeichert war, den Menschen als unsterbliche Person, den gibt es noch. Der ist nicht weg.

Viele NTE-ler sind sehr erstaunt, dass, obwohl sie sich vom Körper gelöst hatten, das «Ich-Bewusstsein» weiterhin vorhanden war und dass ihre Gedanken weitergingen, manchmal fast nahtlos.

Unser unsterbliches Ich ist also dasselbe «Ich», das während unseres Erdenlebens unser «Selbstbewusstsein» ausmacht.

Der Geist des Menschen ist im Himmel «durchtränkt» vom Geist Gottes, vom Heiligen Geist. Auch im Himmel ist er eine Persönlichkeit (Mensch), wird dort aber ganz intensiv inspiriert von Gott selber, seinem Wesen, seiner Gegenwart.

Inwieweit, wo und wann haben wir einen Auferstehungskörper, also einen Körper von Himmelsqualität? Schwer zu sagen. Wenn man NTE-Berichte analysiert, stößt man auf unterschiedliche Wahrnehmungen:

Jemand erzählt von einem körperlosen Zustand, alles konnte durch die eigene Person hindurchgehen; da war nichts Körperliches da, nur das «Ich»-Bewusstsein samt Gedanken und Gefühlen.

Eine andere Person sagt, sie habe ihren und anderer Leute Körper eher verschwommen wahrgenommen, die Körper der Engel aber klar und deutlich.

Wieder andere NTE-ler können den eigenen Körper sehr spezifisch beschreiben – dessen Aussehen und Qualität und wozu er fähig war. Das bedeutet, dass man einen Tastsinn hat (Haptik). Diesen neuen Körper nennt man «Auferstehungskörper».

Was passiert, wenn ein Mensch in diese andere Welt eintritt?

NTE-ler beschreiben das «Übertritts-Empfinden» des Körpers im Zustand des Übergangs unterschiedlich. Praktisch alle hören, riechen, denken und sehen viel intensiver, als es während ihres Erdenlebens möglich wäre; und alle empfinden sich als sich selbst. Hier zusammenfassend die Unterschiede:

- Manche können den eigenen Körper weder sehen noch ihn spüren.
- Manche können den eigenen Körper nur verschwommen sehen oder wahrnehmen.
- Manche können den eigenen Körper sehen, empfinden, erleben; sie spüren auch Berührungen, z. B. Druck, sie können Material ertasten und vieles mehr.

Dazu zwei Vermutungen:

Erstens: Die Umwandlung beim Eintreten in diese neue Welt mit ihren anderen physikalischen Gesetzen kann ein Vorgang sein, der Zeit braucht. Manchmal wird diese Umwandlung beschrieben als unmittelbar und schnell, plötzlich und radikal eintretend, manchmal als eher phasenweise und sich steigernd.

Zweitens: Es scheint Zusammenhänge zu geben zu dem Lebensstil der Person vor dem NTE. Ich weiß, das ist eine gewagte Aussage. Wenn jemand sich z. B.. an sein Haus «gekrallt» hat oder anderen Menschen gegenüber in Groll und Unversöhnlichkeit lebt, dann kann dieser Übertritt in die neue Welt gehindert werden, wenn nicht gänzlich verhindert. Man braucht Frieden mit Gott und Jesus, um ins Paradies eintreten zu können, verwandelt zu werden und einen Auferstehungskörper zu bekommen.

Wie verändert sich ein Mensch im Paradies?

Eine Person im Paradies hat ein Ich-Bewusstsein, wie wir es hier auch haben. Das Leben, das man hier geführt hat, ist nicht einfach vergessen; aber im Licht und in der Liebe Gottes können die seelischen Wunden heilen.

Das Böse hat dort keinen Zugang.

Das Äußere einer Person ist eigentlich das gleiche wie auf der Erde – nur ist es verherrlicht, glorifiziert. Das heißt: Du wirst zur besten Persönlichkeit deiner selbst, du wächst seelisch weiter und reifst ständig. Dein Aussehen wird sein, als wärst du Ende zwanzig, Anfang dreißig, aber deine Ausstrahlung ist um ein Vielfaches besser!

Wow!

Auch deine Sinne und deine Intelligenz sind um ein Vielfaches stärker, intensiver, kreativer. Trotzdem nehme ich an, dass es Grenzen gibt; denn als von Gott geschaffene Wesen haben wir riesiges Potenzial und einen freien Willen, aber wir sind nicht Gott.

Durch Gottes Liebe wird es Einheit und Nähe geben zwischen Menschen und Gott, einen noch nicht gekannten Austausch an Liebe und Inspiration – aber wir bleiben Mensch. Das ist genug so und wunderbar.

Fähigkeiten im Paradies

Wir werden fähig sein, in dieser anderen Raum-Zeit-Dimension zu leben.

Wir können schweben und uns schnell fortbewegen.

Wir können mehr erkennen, mehr lernen, auch mehr mitfühlen.

Wir begreifen viel besser, wer Gott ist und was er bewirken kann.

Unseren Mitmenschen gegenüber werden wir positiv eingestellt sein und einander mit Liebe begegnen.

Wir können dort intensiv genießen. Die Temperatur empfinden wir als angenehm, ja, ideal; wir sind weder krank noch müde und bringen es trotzdem fertig, auszuruhen und zu chillen.

Wir haben dort die Möglichkeit, spannende Dinge zu erschaffen, von Technik und Wissenschaft über Kunst, Musik und Unterhaltung bis hin zur Anbetung. Open End…

Jeder dort ist absolut einmalig und unverwechselbar. Auch wenn er ein Zwilling ist!

Je nach Begabung und Eigenart haben wir Freude an einfachen Tätigkeiten oder an höchst komplexen Projekten.

Wir haben vielfältige Beziehungen; die Stärke und Nähe der Freundschaften und Familienbande ist unterschiedlich – manche werden uns näherstehen als andere.

Freiwillig werden wir uns dahin begeben, wo uns wohl ist und wo dies einen höheren Sinn ergibt, sicher in Gottes Nähe.

Q   Thema: Wahrheit oder Wunschdenken?

Facts oder Fiction?

Ist der Inhalt dieses Buches Spekulation?

Wird es so oder ähnlich sein, wenn wir nach unserem Tod einmal Gott begegnen?

Viele blenden die Zukunft nach dem Tod ganz aus oder zumindest, bis sie älter werden und sich gezwungenermaßen mehr mit dem Thema «Sterben und Tod» beschäftigen. Schade. Wenn du dich schon in jungen Jahren damit auseinandersetzt, hast du die Möglichkeit, dein Leben davon prägen zu lassen.

Denn wenn ein Mensch anerkennt, dass er einmal vor Gott stehen wird und dass es dann gar nicht egal ist, wie er gelebt hat – dann wird er folgerichtig auch eher ein Leben führen in Rücksichtnahme und Nächstenliebe.

Wenn du glauben möchtest, dass nach dem Tod alles vorbei ist oder dass es keine Rolle spielt, wie du dein

Leben verbringst – das steht dir frei. Aber nur, weil du das so annimmst, heißt das nicht, dass dem auch so ist.

Von westlich denkenden Menschen hört man sehr oft den Satz: «Ja, ich denke schon, dass es einen Gott gibt – aber eher so was Unpersönliches, einfach so eine ‹höhere göttliche Macht›.» Oder jemand sagt mir: «Ich bete jeden Morgen zum Universum.» Das klingt vielleicht ganz gut und sehr spirituell, es ist sicher auch ernst gemeint. Aber in Klartext ist «Beten zum Universum» eigentlich, dass man sein Gebet, sein Inneres an Materie richtet, denn das Universum ist von Gott geschaffene Materie und *nicht* Gott selbst.

Gott als liebende Persönlichkeit, die uns Menschen in Jesus begegnet? Für viele schwer anzunehmen, denn dies würde eine weitere Auseinandersetzung mit diesem Thema erfordern. Oft sind es Krisen, die uns dazu bringen, weiterzuforschen zur Frage «Wer ist Gott?».

Ein großer Kreislauf?

Weithin akzeptiert und in diesen Zeiten durchaus angesehen ist die Annahme, man würde mehrmals geboren und alles befände sich in einem Kreislauf der Wiedergeburten (Reinkarnation); und dass man sich schlussendlich als Seele auflösen würde im Göttlichen – als höchste Stufe des Glücks, des Erfülltseins ginge man auf im Nirwana.

Auf den ersten Blick mag das passend und einleuchtend wirken – man hat immer wieder eine neue Chance. Logischerweise müsste sich die Weltbevölkerung dann aber ständig und merklich verbessern, was ethische Werte und den Weltfrieden angeht: Man arbeitet sich langsam hoch zur Erlösung … ins Nichts.

Diese Hypothese oder Glaubensgrundlage erscheint manchen als willkommene «Er-Lösung»: Ruhe und Nichts. Wenn man sich selbst manchmal kaum aushalten mag, ist das eine verlockende Aussicht. Ich finde diese Vorstellung unendlich traurig. Wir sind Wesen, wir haben Kontur und Charakter!

All das Mühen auf der Erde ist nicht dazu da, dass wir uns letzten Endes einfach auflösen.

Das Ziel ist doch: Wir werden ein Volk sein bei Gott, ein Miteinander. Wir werden Gottes Freude ergänzen.

Einmalig und geliebt

Du bist geschaffen als einmalige Persönlichkeit, als ein unvergängliches Wesen, eine geliebte Schöpfung Gottes.

Gott hat den Menschen gemacht als ein Gegenüber, ein ihm in Liebe untergeordnetes Wesen.

Und als Wesen mit freiem Willen und großem Potenzial! Er hat dich in Liebe kreiert und nach deinem Tod wirst du ihm begegnen; dann möchte er weiterhin mit dir im Austausch sein.

Einiges in diesem Buch hört sich erst einmal ziemlich verrückt an: Es ist eine andere Welt mit anderen «Gesetzen», aus anderer Materie und mit diversen Dimensionen. Kein Wunder, dass das zunächst «schwere Kost» ist; aber je mehr ich mich hineinbegebe in diese Beschreibungen, desto mehr eröffnet sich mir ein Ganzes, das Sinn ergibt – und irgendwann zeigt es sich als *das* Original.

Ist es Wunschdenken, dass wir es einmal so schön haben können? Darauf antworte ich mit einem überzeugten «Nein!».

Ich freue mich auf diese kreative, liebevolle, spannende, originale Welt. Auf das Paradies, mein Zuhause.

Schlusswort

Ich hoffe, dass dieses Buch dich inspirieren konnte. Ich habe hier diverse Erlebnisberichte, die mir glaubhaft scheinen, verarbeitet zu einer Art Novelle – vier Personen und ihre Erfahrungen: die Ich-Erzählerin Sienna, dann Timo, Cécile und auch Azul.

Die Erzählungen der vier Personen im Buch sind also eine Essenz aus glaubhaften Erlebnisberichten, das meiste davon wird mehrfach berichtet – und diese Berichte stimmen oft erstaunlich gut überein mit den Berichten in der Bibel.

Warum habe ich die geschilderten Erlebnisse nicht eins zu eins weitergegeben? Nun, solche Bücher gibt es bereits; oft hat der Autor das Geschilderte selber erlebt. Ich habe nur kleine und kurze Einsichten gehabt; diese haben mich dazu inspiriert, weitere Berichte und Beschreibungen zu suchen und mit den Schriften der Bibel zu vergleichen. Mit den Jahren hat mich das so begeistert, dass ich beschloss, diese wunderschöne Ewigkeit wie ein Bild zu malen – mit Worten.

Die Themen, die in diesem Buch angedacht werden, sind wichtig – auch wenn wir das meistens nicht wahrhaben wollen, da unser hiesiges Leben uns so in Beschlag nimmt. Oft braucht es eine dramatische äußere Veränderung, damit wir uns mehr mit den großen Fragen des Lebens beschäftigen.

Mach dich auf die Suche nach einem tieferen Verständnis davon, wer Gott in der Form von Jesus ist und was er alles für dich persönlich bereithält.

Ich hoffe, dieses Buch wird dich auf dieser Reise begleiten.

Meinungen zum Buch

Dieses Buch ist eine Sammlung von faszinierenden Erlebnissen außerhalb unserer Dimension und Zeit. Der Einblick in die Ewigkeit, den es ermöglicht, regt zum Nachdenken an und lässt einen nicht unverändert.

D. B., Zürich

Bücher zu lesen ist meine große Leidenschaft. Das Buch «Sienna» von Esther Bühler hat mich von Anfang an gepackt, obwohl mir das Thema suspekt ist – eigentlich lese ich lieber spannende Krimis. Ich habe jedoch bemerkt, dass ich mich nach der Lektüre dieses Buches entspannt und gut fühle, anders als nach einem Krimi!

Hilfreich finde ich die Themen-Kapitel mit den Erläuterungen – ich schätze es sehr, dass ich sie nach Bedarf selektiv lesen kann.

Das Paradies hat Esther Bühler wunderbar beschrieben!

E. J., Luzern

Eindrücklich schildert die Autorin in der fiktiven Erzählung von Sienna und ihren Gesprächspartnern übernatürliche Begegnungen mit Engeln, Visionen vom Himmel und Gotteserlebnisse. Wenn ich in diesem Buch lese, hilft mir das, meine Gedanken auf die himmlische Welt auszurichten.

In den «Themen-Kapiteln» geht die Autorin ein auf häufige Fragen, die das Buch aufwirft. Die Lektüre dieses Buches und das Nachdenken über den Himmel haben mich tief inspiriert und mir neue Perspektiven eröffnet – über Gott und über das Leben nach dem Tod.

P. R., Zürich

Gerade habe ich das Buch fertiggelesen. Gratulation!

Interessante Themen. Vor 30 Jahren habe ich auch ein NTE gehabt. In Erden-Zeit hat es nur acht Minuten gedauert, aber gefühlt-erlebt waren es sicher sechs Stunden.

L. L., Altstetten

Danke, Esther, dass Du uns durch diese Erzählungen mit auf die Reise genommen hast in himmlische Örter, in die Ewigkeit hinein.

Das ist es, wozu Jesus Mensch wurde: um uns wieder in den Ursprung zurückzuführen.

Als ich das Buch und die Erlebnisse von Sienna las, kamen mir Erinnerungen zurück an etwas, was ich selber erlebt habe; so kam mir einiges vertraut vor. Frappant, wie dies alles übereinstimmt, einfach mega!

Mich berührte das Beispiel von den verstorbenen Geschwistern, dem Lernen und dem Warten auf Familienmitglieder. Und dass Engel weibliche Züge haben können. Auch die Beschreibung der Gewänder hat mir gefallen. Als ich das über die Natur und die Tiere las, dachte ich einfach: Ja, genau!

H. M., Uster

Das Buch «Sienna und die Ankunft in der Ewigkeit» beschäftigt sich mit dem Leben nach dem Tod – mit der Ewigkeit. Das Buch ist in Romanform geschrieben, jedoch, wie die Schreiberin sagt, «ein Destillat aus Erlebnisberichten vieler Menschen».

Das Buch hat mich von der ersten Seite an gepackt. Es ist eine spannende Reise in die Ewigkeit. Die vier verschiedenen Reisen zum Himmel haben mir besonders gut gefallen!

Das Buch liest sich flüssig und ist sehr verständlich geschrieben.

Kurzum: ein spannendes Buch, das die Realität der Ewigkeit jedem näherbringt, der es liest.

Mich persönlich hat das Buch sehr berührt und ich habe gemerkt, dass ich nicht mehr solche Angst vor dem Tod habe.

Ich bin begeistert und empfehle dieses Buch jedem, der auf der Suche ist oder wie ich Berührungsängste hat mit dem Tod. Denn früher oder später steht jeder mal vor der Frage: «Gibt es ein Leben nach dem Tod?»

J. G., Uitikon

Quellen

Die meisten Bibelstellen sind der **Übersetzung Hoffnung für alle®** entnommen, Copyright © 1983, 1996, 2002, 2009, 2015 by Biblica, Inc.®. Verwendet mit freundlicher Genehmigung des Herausgebers Fontis – Brunnen Basel.

Das Bibelzitat Hebräer 13,2 sowie der Auszug aus Offenbarung 4 stammen aus **Die Heilige Schrift übersetzt von Hermann Menge**.

Alle Bibelzitate nach www.bibleserver.com. Ergänzungen und Erklärungen in eckigen Klammern wurden hinzugefügt.

Die Zitate am Schluss der Kapitel B, «Thema: Engel», und K, «Thema: Zeiten und Zeitfenster», stammen aus Blake K. Healy, «Durch den Schleier sehen». Xanten: GloryWorld 2019, S. 106–108 (in B); S. 108–109 (in K), mit freundlicher Erlaubnis.

Die Bilder wurden mithilfe künstlicher Intelligenz (KI) erstellt.

Lektorat: Gabriele Pässler, g-paessler.de

Webseite zum Buch: www.sienna-buch.com

© Esther Bühler, 2024

Verlag: BoD · Books on Demand GmbH,
Überseering 33, 22297 Hamburg, bod@bod.de
Druck: Libri Plureos GmbH,
Friedensallee 273, 22763 Hamburg
ISBN: 978-3-7693-5256-6